P9-ARV-429

Seis tumbas en Múnich

SEIS TUMBAS EN MÚNICH

Mario Puzo

Traducción de Luis Murillo Fort

Barcelona • Bogotá • Buenos Aires • Caracas • Madrid • México D.F. • Montevideo • Quito • Santiago de Chile

Título original: *Six Graves to Munich*

Traducción: Luis Murillo Fort

1.ª edición: junio 2009
1.ª reimpresión: agosto 2009

Bailén, 84 - 08009 Barcelona (España)
www.edicionesb.com

Printed in Spain
ISBN: 978-84-666-3976-7
Depósito legal: B. 34.850-2009

Impreso por LITOGRAFÍA S.I.A.G.S.A.

1

Michael Rogan echó un vistazo al morboso rótulo del club nocturno más de moda en Hamburgo. *«Sinnlich! Schamlos! Sündig!»* «¡Sensual! ¡Desvergonzado! ¡Pecaminoso!» El Roter Peter no ocultaba lo que ofrecía de puertas adentro. Rogan se sacó del bolsillo una pequeña fotografía y la examinó a la luz roja de la lámpara con forma de cerdo que iluminaba la puerta del local. Había mirado aquella foto centenares de veces, pero temía no reconocer al hombre que buscaba. Las personas cambian mucho en diez años. Incluso él había cambiado.

Pasó por delante del portero servilmente inclinado y entró en el club. Todo estaba oscuro en el interior, a excepción de la pequeña pantalla rectangular donde se proyectaba una película porno. Rogan avanzó entre las mesas atestadas de gente bulliciosa y más o menos ebria. De pronto, las luces del local se encendieron y Rogan quedó enmarcado contra el escenario, donde unas chicas rubias bailaban desnudas. Sus ojos escrutaron las caras de los que estaban sentados en primera fila. Una camarera le tocó el brazo y dijo, coquetamente, en alemán:

—¿*Herr Amerikaner* busca algo en especial?

Rogan la rozó al pasar, molesto por haber sido tan fácilmente identificado como americano. Notó la presión de la sangre contra la placa de plata que llevaba en el cráneo: señal de peligro. Tendría que cumplir con su deber lo antes posible y volver al hotel. Inspeccionó todo el local, incluso oscuros rincones donde los clientes bebían cerveza en grandes jarras y metían mano a la primera camarera que pasaba. También echó un vistazo a los reservados: hombres arrellanados en divanes de cuero observaban a las chicas del escenario antes de decidirse por su favorita y hacerla ir con una llamada de teléfono.

Rogan empezaba a impacientarse. No le quedaba mucho tiempo. Se volvió hacia el escenario. Detrás de las bailarinas desnudas, en el telón, había un panel transparente a través del cual los clientes podían ver al siguiente contingente de coristas preparándose para salir a escena. Cada vez que una de las chicas se despojaba de una media o un sujetador, aplaudían. Una voz de acento etílico bramó:

—¡Ay, preciosidades! ¡Os quiero a todas!

Rogan se dio la vuelta y sonrió en la oscuridad. Recordaba aquella voz. No había cambiado en diez años: una voz bávara, gruesa y ronca, preñada de falsa camaradería. Avanzó raudo hacia ella, se desabrochó la chaqueta y desabotonó el seguro de cuero de la sobaquera donde llevaba una Walther. Con la otra mano, sacó el silenciador del bolsillo de la chaqueta y lo sostuvo como si fuera una pipa.

Estaba frente a la mesa, frente a aquella cara que no había podido olvidar y cuyo recuerdo lo había mantenido vivo durante los últimos diez años.

La voz no lo había engañado: era Karl Pfann. El alemán había engordado unos veinte kilos y perdido casi todo el pelo, sólo unos ralos mechones rubios le entrecruzaban el grasiento cuero cabelludo; pero la boca seguía siendo tan diminuta y casi tan cruel como Rogan la recordaba. Se sentó a la mesa contigua y pidió una copa. Cuando las luces se apagaron para reanudar la proyección de la película, sacó lentamente la Walther de su pistolera y, con las manos debajo de la mesa, ajustó el silenciador al cañón del arma. La pistola se desequilibraba con el peso añadido; más allá de cinco metros, el tiro no sería preciso. Rogan se inclinó hacia la derecha y tocó a Karl Pfann en el hombro.

La cabezota se volvió, inclinando la reluciente calva, y la voz falsamente amistosa que Rogan había oído en sueños durante diez años dijo:

—¿Sí, *mein Freund*? ¿Qué desea?

Rogan habló con voz áspera:

—Soy un viejo camarada tuyo. Cerramos un pequeño trato el *Rosenmontag* de 1945, lunes de Carnaval, en el Palacio de Justicia de Múnich.

La película distrajo un momento a Karl Pfann, cuyos ojos se movieron hacia la pantalla.

—Eso es imposible —dijo, nervioso—. En 1945, servía a la madre patria. No me hice empresario hasta después de la guerra.

—Te hablo de cuando eras nazi —precisó Rogan—. Un torturador... un asesino. —Le iba a estallar la cabeza—. Soy Michael Rogan. De los servicios de inteligencia americanos. ¿Me recuerdas ahora?

Se oyó un ruido de cristales rotos cuando el corpachón de Karl Pfann giró en redondo y miró en la oscuridad a Michael Rogan. El alemán dijo, en voz baja y amenazadora:

—Michael Rogan está muerto. ¿Qué diablos quieres de mí?

—Tu vida —dijo Rogan.

Sacó la Walther de debajo de la mesa y apoyó el silenciador en la barriga de Pfann. Apretó el gatillo. El cuerpo del alemán se estremeció con el impacto de la bala. Rogan volvió a ajustar el silenciador y disparó por segunda vez. El ahogado grito mortal de Pfann se perdió entre las carcajadas de los clientes mientras la pantalla mostraba una cómica escena de seducción.

Pfann se desplomó sobre la mesa. Nadie se apercibiría de su muerte hasta terminada la película. Rogan extrajo el silenciador y lo guardó junto con la pistola en los bolsillos de la chaqueta. Se levantó y atravesó sigilosamente el club en penumbra. El portero con galones le hizo el saludo y llamó un taxi, pero Rogan negó con la cabeza y echó a andar por la *Allee* en dirección a los muelles. Anduvo largo rato hasta que su pulso recuperó el ritmo normal. Entrevistos al frío claro de luna del norte alemán, búnkeres submarinos en ruinas y herrumbrosos sumergibles le trajeron a la memoria los fantasmas de la guerra.

Karl Pfann había muerto. «Llevo dos y me faltan cinco», pensó Rogan con crudeza. Así quedarían compensados sus diez años de pesadillas y podría hacer las paces con la placa de plata que llevaba en el cráneo, con los eternos gritos de Christine pronunciando su nombre, pidiéndole auxilio, y con el instante fugaz y cegador en que siete hombres lo habían sacrificado como a un animal en una sala alta y abovedada del Palacio de Justicia muniqués. Habían intentado asesinarlo sin la menor dignidad, como si de una broma se tratara.

El viento en la zona portuaria era cortante, así que Rogan se desvió por Reeperbahn, o «el paseo de la Cordelería», y pasó por delante de una comisaría para incorporarse a Davidstrasse. La policía no le daba miedo. Había tan poca luz en el Roter Peter que nadie que lo hubiera visto podría describirlo con precisión. Sin embargo, para no correr riesgos innecesarios, se metió por un callejón donde había un gran letrero de madera: «¡Prohibido el paso a menores!» Parecía una calle como cualquier otra, hasta que dobló la esquina.

Sin proponérselo, había llegado a St. Pauli: la famosa zona de Hamburgo reservada a la prostitución legal. Estaba bien iluminada y abarrotada de transeúntes. Las casas de colores chillones, en su mayoría de tres plantas, parecían de lo más corriente a primera vista, si no fuera que de ellas entraba y salía gente a cada momento. En la planta baja, había grandes ventanales a modo de escaparate que dejaban ver las habitaciones del interior. Sentadas en butacas, leyendo, tomando café y charlando, o bien tumbadas en el sofá contemplando el techo, estaban las muchachas más hermosas que Rogan había visto jamás.

Unas pocas fingían limpiar la cocina y tan sólo llevaban puesto un delantal hasta medio muslo, la espalda totalmente al descubierto. En cada casa había un rótulo: «30 marcos la hora». Algunas ventanas tenían las persianas bajadas; e, impresa en letras de oro sobre persiana negra, la palabra *Ausverkauft* («Vendido») anunciaba con orgullo que un caballero solvente había pagado para pasar toda la noche con la chica.

Había una rubia que leía en su cocina, sentada a una mesa metálica. Parecía desolada, en ningún momento miraba hacia la concurrida calle y, junto al libro que estaba leyendo, había derramado un poco de café. Rogan permaneció allí de pie, esperando a que ella levantara la cabeza para poder verle la cara. Pero no había manera. «Debe de ser fea», pensó Rogan. Pagaría los treinta marcos y así podría descansar un rato antes de emprender la larga caminata hasta su hotel. Los médicos le habían dicho que no era bueno que se excitara, y una mujer fea no lo iba a excitar. Debido a la placa de plata que llevaba en el cráneo, Rogan tenía prohibidos los licores fuertes, copular en exceso e incluso enojarse. Sobre cometer asesinatos, no le habían dicho nada.

Cuando entró en la cocina bien iluminada, vio que la chica era guapa. Ella cerró el libro con desgana, se levantó, fue hacia Rogan y lo agarró de la mano para llevárselo a la alcoba privada. Rogan sintió un acelerón de deseo que, de repente, le produjo jaqueca y un fuerte temblor de piernas. Era la previsible reacción al asesinato y la huida posterior, y notó que empezaba a marearse. Se dejó caer en la cama, y la voz aflautada de la joven parecía venir de muy lejos:

—¿Qué te pasa? ¿Estás enfermo?

Rogan negó con la cabeza, al tiempo que sacaba la cartera. Esparció sobre la cama un fajo de billetes y dijo:

—Te pago por la noche entera. Baja la persiana y déjame dormir.

Mientras ella volvía a la cocina, Rogan sacó el frasquito de pastillas que llevaba en el bolsillo de la camisa y se metió dos en la boca. Fue lo último que recordaba haber hecho antes de perder el conocimiento.

Al despertar, vio el gris amanecer a través de las empañadas y polvorientas ventanas de atrás. Volvió la cabeza. La chica dormía en el suelo, tapada con una manta fina. Un leve perfume a rosa emanaba de su cuerpo. Rogan se dio la vuelta en la cama para levantarse por el otro lado. Las señales de peligro habían desaparecido. Había dejado de notar la presión de la sangre contra la placa de plata; ya no le dolía la cabeza. Se sentía recuperado.

El contenido de la billetera estaba intacto. La Walther

seguía en el bolsillo de la chaqueta. Pensó que había elegido a una chica honrada y con sentido común. Rodeó la cama dispuesto a despertarla, pero la chica ya estaba poniéndose en pie y su hermoso cuerpo tiritaba con el frío de la mañana.

La habitación olía mucho a rosas, y Rogan vio que tanto las cortinas como las sábanas tenían rosas bordadas. El camisón de la chica también estaba adornado con rosas. Ella le sonrió.

—Me llamo Rosalie. Me gusta todo lo que lleve rosas: el perfume, la ropa...

Parecía una niña orgullosa de su afición a las rosas, como si eso la convirtiera en alguien especial. A Rogan le pareció gracioso. Se sentó en la cama y le hizo señas para que se acercara. Rosalie obedeció y se le quedó de pie entre las piernas. Rogan percibió su delicado perfume, y pudo verle los pechos de rosados pezones y los largos muslos blancos cuando ella se despojó lentamente del camisón; luego la chica lo ciñó con brazos y piernas, su tacto como de pétalos, al tiempo que le ofrecía una boca de labios gruesos trémula de pasión.

2

A Rogan le gustó tanto la chica, que lo organizó todo para que se trasladara a vivir a su hotel durante una semana. Esto supuso complejos acuerdos financieros con el propietario, pero a Rogan no le importó. Ella estaba encantada, lo cual a él le proporcionó una satisfacción casi paternal.

Rosalie se puso aún más contenta cuando supo que se hospedaba en el hotel más lujoso del Hamburgo de posguerra, el famosísimo Vier Jahrezeiten, con un servicio a la altura del antiguo Kaiser Alemania.

Rogan la trató como si fuera una princesa. Le dio dinero para que se comprara ropa, la llevó al teatro y a buenos restaurantes. Rosalie era muy cariñosa, pero había en ella una extraña vacuidad que lo desconcertaba. Trataba a Rogan como si fuera una mascota; lo acariciaba como habría acariciado un abrigo de pieles, de modo impersonal, ronroneando con la misma clase de placer. Un día volvió inesperadamente de sus compras y encontró a Rogan limpiando su Walther P-38: que Rogan estuviera en posesión de semejante arma le resultaba del todo indiferente. Le traía sin cuidado, y no le hizo ninguna pregunta. Aunque Rogan sintió alivio por ello, sabía que la postura de la chica no era normal.

La experiencia le había enseñado que, después de uno de sus ataques, necesitaba descansar una semana entera. Su próximo objetivo era Berlín y, pasados unos días, empezó a meditar sobre la conveniencia de llevar consigo a Rosalie a la ciudad dividida. Finalmente, decidió no hacerlo. Las cosas podían torcerse, y ella saldría malparada sin tener ninguna culpa. La última noche, Rogan le dijo que se marchaba temprano al día siguiente y le dio todo el dinero que llevaba en la cartera. Con aquella extraña vacuidad suya, Rosalie tomó el dinero y lo arrojó a la cama. No demostró ninguna clase de sentimiento aparte de un hambre animal, algo puramente físico. Como era la última noche que pasaban juntos, ella quería hacer el amor todo el tiempo que fuera posible. Empezó a quitarse la ropa y, mientras lo hacía, preguntó como si tal cosa:

—¿Para qué vas a Berlín?

Rogan le miró los hombros, tersos:

—Negocios —contestó.

—El otro día estuve revolviendo en esos sobres especiales, los siete. Quería saber más cosas de ti. —Rosalie se quitó las medias—. La noche que nos conocimos asesinaste a Karl Pfann: el sobre con su fotografía lleva el número dos. El que contiene la foto de Albert Moltke es el número uno, de modo que fui a la biblioteca y eché un vistazo a la prensa de Viena. Moltke apareció muerto hace un mes. Según tu pasaporte, estuviste en Austria por esas fechas. Los sobres tres y cuatro llevan los nombres de Eric y Hans Freisling, residentes en Berlín. Así que mañana, cuando te marches, vas a ir a Berlín para matarlos. Y tu plan es asesinar también a los otros tres, los números cinco, seis y siete. ¿Me equivoco?

Rosalie dijo todo esto con toda naturalidad, como si los planes de Rogan no tuvieran nada de extraordinario.

Desnuda, se sentó en el borde de la cama, esperando a que él le hiciera el amor. Hubo un momento en que Rogan pensó en matarla, pero enseguida descartó la idea; y luego se dio cuenta de que no sería preciso. Ella jamás lo delataría. Detectaba en su mirada aquella curiosa vacuidad, como si la chica fuera incapaz de distinguir entre el bien y el mal.

Rogan se arrodilló en la cama delante de ella e inclinó la cabeza entre sus pechos. Luego le tomó una mano, caliente y seca: no tenía miedo. Le acompañó la mano hasta la parte posterior del cráneo e hizo que pasara los dedos por la placa de plata. Quedaba oculta bajo el pelo, y parte de ella, cubierta por una fina membrana de piel muerta y callosa. Pero Rogan supo que Rosalie notaría el metal.

—Esto me lo hicieron esos siete hombres —dijo—. Gracias a esta placa estoy vivo, aunque nunca tendré nietos. Nunca seré un viejo que pueda sentarse tranquilamente al sol.

Los dedos de Rosalie palparon la nuca, no retrocedieron al contacto con el metal ni con la carne callosa.

—Si me necesitas, aquí estaré —comentó.

Él percibió su olor a rosas y pensó, aun a sabiendas de que aquello era puro sentimentalismo, que las rosas eran para las bodas y no para los funerales.

—No —repuso—. Mañana me marcho. Tú olvídame. Y olvida que has visto esos sobres. ¿De acuerdo?

—De acuerdo —dijo Rosalie—. Te olvidaré. —Por un momento, la abanondó aquella extraña vacuidad—. ¿Y tú? ¿Me olvidarás a mí?

—No —contestó Rogan.

3

Mike Rogan no olvidaba nada. A los cinco años de edad, explicó a su madre con todo lujo de detalles lo ocurrido cuando él sólo contaba dos años y había caído gravemente enfermo de neumonía. Le dijo cómo se llamaba el hospital, cosa que su madre ya no recordaba; también le describió al pediatra, un hombre de extraordinaria fealdad pero con mano de ángel para los niños. Aquel hombre incluso permitía que los pequeños jugaran con el quiste en forma de estrella que tenía en el mentón, para que así le perdieran el miedo. Michael Rogan recordaba haber intentado arrancarle el quiste al pediatra, y el gracioso «¡ay!» que éste soltó.

Su madre se quedó entre pasmada y asustada ante la excelente memoria de Michael; en cambio, el padre se puso loco de contento. Joseph Rogan era contable, trabajaba muchas horas y soñaba con que su hijo llegaría a censor jurado de cuentas antes de los veintiuno y se ganaría muy bien la vida. Ahí quedó la cosa, hasta que Michael Rogan volvió un día del parvulario con una nota del maestro, donde se citaba a los Rogan (padres e hijo) al día siguiente en el despacho del director para hablar sobre el futuro académico de Michael.

La entrevista fue breve y concisa. El centro no podía permitir que Michael diera clase con el resto de los niños. Su influencia era perjudicial. Ya sabía leer y escribir, y corregía a la maestra cuando ésta olvidaba mencionar algún pequeño detalle; debían mandarlo a un colegio especial, o dejar que probara suerte en cursos superiores. Los padres de Michael optaron por el colegio especial.

A los nueve años de edad, cuando los demás niños salían corriendo a la calle con guantes de béisbol o balones de fútbol americano, Michael Rogan salía de casa con una cartera de piel auténtica que llevaba grabadas en letras doradas sus iniciales y sus señas. Dentro de la cartera, iba el texto del tema que estudiara aquella semana en concreto. Pocas veces necesitaba más de una semana para dominar un tema que normalmente requería un curso entero. Leía los textos una sola vez y ya se los sabía de memoria. Como es lógico, en el vecindario lo consideraban un bicho raro.

Un día se vio rodeado por un grupo de chavales de su edad. Uno de ellos, rubio y rechoncho, le preguntó:

—¿Tú nunca juegas?

Rogan guardó silencio.

—Vamos a echar un partido —dijo el rubio—. Te dejo jugar en mi equipo.

—Vale —dijo Michael—. Me apunto.

Aquél fue un día glorioso para él. Descubrió que tenía buena coordinación física y que podía estar a la altura tanto jugando al fútbol como peleándose con otros chicos. Volvió a casa con la costosa cartera sucia de barro. También tenía un ojo morado y los labios hinchados y ensangrentados. Pero se sentía tan orgulloso y feliz que corrió a ver a su madre, gritando:

—¡Voy a jugar en un equipo de fútbol! ¡Me han elegido para jugar en un equipo de fútbol!

Alice Rogan miró aquella cara maltrecha y rompió a llorar.

Intentó ser razonable. Explicó a su hijo que tenía un cerebro muy valioso y que no debía exponerlo a ningún peligro.

—Tu mente es extraordinaria, Michael —le dijo—. Quizás algún día te sirva para ayudar a la humanidad. No puedes ser como los demás chicos. ¿Y si te haces daño en la cabeza, jugando o peleándote con alguien?

Michael trató de comprenderlo. Cuando su padre llegó aquella tarde, le dijo casi lo mismo. Así que Michael acabó renunciando por completo a la idea de ser un chico como los demás. Tenía un preciado tesoro que guardar. Si hubiera sido mayor, habría entendido que sus padres adoptaban una actitud presuntuosa y un tanto ridícula respecto a su don natural; sin embargo, aún no sabía discernir como un adulto.

Cuando tenía trece años, los demás chicos empezaron a mofarse de él, a provocarlo tirándole la cartera al suelo. Fiel a las instrucciones de sus padres, Michael evitó enfrentarse a ellos y sufrió la humillación. Pero su padre ya no estaba tan seguro de cómo educar a su hijo.

Un día, Joseph Rogan se presentó en casa con unos enormes y esponjosos guantes de boxeo y enseñó a su hijo el arte de la autodefensa. Joseph le dijo que diera la cara, que peleara si fuera necesario. «Lo importante es que te hagas un hombre —explicó—, no que seas un genio.»

Fue por esa época cuando Michael Rogan descubrió que era diferente a los demás chicos también en otra cosa. Sus padres le habían enseñado a vestir con pulcritud y adulta elegancia, dado que el chico pasaba la mayor parte del tiempo entre adultos. Un día, varios chicos rodearon a Rogan y le dijeron que iban a quitarle los pantalones y colgarlos de una farola, humillación rutinaria por la que había pasado la mayoría de los chavales.

Rogan se enfureció cuando le pusieron las manos encima. A uno de los chicos le hincó los dientes en una oreja y casi se la arrancó de cuajo. Al cabecilla lo agarró por la garganta y empezó a estrangularlo a pesar de las patadas y puñetazos que le daban los otros para que lo soltara. Por fin, unos vecinos acudieron a poner paz, y tanto tres de los chavales como el propio Rogan tuvieron que ser llevados al dispensario.

Pero nunca más volvieron a molestarle. Los chavales lo tenían marginado, por bicho raro y, ahora, también por violento.

Michael Rogan era lo bastante inteligente para darse cuenta de que su rabia no era normal, que brotaba de algo muy profundo. Y acabó comprendiendo la razón: él gozaba de los beneficios de su prodigiosa memoria, de sus poderes intelectuales, sin haber hecho nada por merecerlos, y eso hacía que se sintiera culpable. Habló de ello con su padre, que lo entendió y empezó a discurrir cómo podría Michael llevar una vida más normal. Desgraciadamente, Joseph Rogan murió de un ataque al corazón antes de poner nada en práctica.

A los quince años, Michael Rogan era un muchacho alto, fuerte y con buena coordinación. Estudiaba ya en niveles avanzados y, bajo la absorbente tutela de su madre, creía de veras que su cerebro era algo sagrado que había que preservar por el bien de la humanidad. Para entonces, se había licenciado ya en Humanidades y preparaba la licenciatura en Ciencias. Su madre lo trataba a cuerpo de rey. Aquel año Michael Rogan descubrió a las chicas.

En esto fue perfectamente normal. Pero, para desgracia suya, descubrió también que las chicas le tenían cierto miedo y lo trataban con juvenil crueldad. Era tan maduro intelectualmente que, incluso en este sentido, los de su edad lo consideraban un bicho raro. Eso hizo que Michael retomara sus estudios con furia renovada.

A los dieciocho, vio que era aceptado como un igual por los estudiantes de grados superiores en la escuela de la Ivy League, donde completaba sus estudios para sacarse el doctorado en matemáticas. También las chicas parecían sentirse atraídas por él. Corpulento para su edad, Michael tenía las espaldas anchas y podía pasar por un joven de veintidós o veintitrés años. Aprendió a disimular su nivel intelectual con el propósito de no intimidar a las chicas, y por fin logró acostarse con una.

Marian Hawkins, una chica rubia entregada a sus estudios pero también a fiestas que duraban toda la noche, fue la pareja sexual de Rogan durante un año. Él empezó a descuidar las clases, a ingerir grandes cantidades de cerveza, a cometer todas las estupideces propias de un chico normal de su edad. A su madre le preocupaba aquel repentino cambio de conducta en su hijo; sin embargo, Rogan no permitió que su inquietud le afectara en absoluto. Aunque jamás lo habría reconocido ante nadie, aborrecía a su madre.

Los japoneses atacaron Pearl Harbor el día en que Rogan se sacó el doctorado. Para entonces, se había cansado ya de Marian Hawkins y buscaba una salida airosa. Estaba harto de ejercitar la mente y harto también de su madre. Suspiraba por aventuras y emociones fuertes. Un día después del ataque, se puso a escribir una larga carta dirigida al jefe del Servicio de Inteligencia Militar, con un detallado currículum adjunto. Menos de una semana después, recibió un telegrama de Washington donde le pedían que se personara para una entrevista.

Fue uno de los grandes momentos de su vida. Un capitán del Servicio de Inteligencia examinó con expresión aburrida la lista de proezas académicas que Rogan había enviado. No le parecía nada del otro mundo, y menos aún cuando supo que Rogan carecía de historial atlético.

El capitán Alexander guardó la carta y el currículum dentro de una carpeta marrón y se la llevó al despacho interior. Cuando volvió al cabo de un rato, traía en la mano un papel de multicopista. Dejó el papel encima de la mesa y le dio unos golpecitos encima con el lápiz.

—Esta hoja contiene un mensaje en clave —dijo—. Se trata de un código antiguo que ya no utilizamos, pero quiero ver si logra descifrarlo. Que no le extrañe si lo encuentra demasiado difícil; después de todo, nadie le ha enseñado.

Le pasó la hoja a Rogan.

Rogan echó un vistazo. Parecía tratarse de una sustitución criptográfica de letras bastante típica y relativamente sencilla. Había estudiado criptografía y teoría de códigos cuando contaba sólo once años, para estimularse mentalmente. Cogió un lápiz y se puso manos a la obra. Al cabo de cinco minutos, leyó al capitán Alexander el mensaje desencriptado.

El capitán se metió en el otro despacho y regresó con una carpeta de la que sacó un papel con dos únicos párrafos escritos. Esta vez el código era más difícil, y la brevedad del texto complicaba aún más el trabajo de descifrarlo. Rogan tardó casi una hora en resolver el enigma. Luego el capitán miró su propuesta y, una vez más, desapareció en el otro despacho. Cuando volvió a salir, lo hizo acompañado de un coronel de pelo entrecano. Éste tomó asiento en un rincón de la estancia y se puso a observar detenidamente a Rogan.

El capitán Alexander, algo sonriente, entregó a Rogan tres hojas de papel amarillo repletas de símbolos. Rogan reconoció aquella sonrisa: era la que esbozaban profesores y especialistas cuando creían haberlo puesto en un aprieto. Así pues, se esmeró al máximo para descifrar los símbolos, cosa que tardó tres horas en conseguir. Tan concentrado estaba en su tarea, que no se percató de la presencia de algunos oficiales que lo observaban con atención. Cuando hubo terminado, entregó las hojas de papel amarillo al capitán. Éste echó una rápida ojeada a la propuesta de Rogan y sin mediar palabra se la pasó al coronel, quien, tras haberla leído de arriba abajo, dijo en tono cortante al capitán: «Hágalo venir a mi despacho.»

Para Rogan, todo aquello había sido un simple y entretenido ejercicio, de modo que le sorprendió ver que el coronel parecía preocupado. Lo primero que le dijo a Rogan fue:

—Joven, me ha dado usted el día.

—Lo siento —se disculpó Rogan. En el fondo, le traía sin cuidado. El capitán Alexander lo había puesto de mal humor.

—No tiene usted la culpa —gruñó el coronel—. Ninguno de nosotros pensaba que sería capaz de descifrar la última hoja. Es uno de nuestros mejores códigos, y ahora que usted lo conoce habrá que cambiarlo. Una vez hayamos examinado sus antecedentes y lo admitamos en el cuerpo, quizá podamos utilizar de nuevo ese código.

—¿Me está diciendo que todos los códigos son así de fáciles? —preguntó Rogan, incrédulo.

El coronel respondió con sequedad:

—Para usted lo son, eso está claro. Para el resto de los mortales, son realmente complejos. ¿Está usted dispuesto a incorporarse al cuerpo de inmediato?

—Ahora mismo —contestó Rogan.

El coronel frunció el entrecejo.

—Las cosas no funcionan así —repuso—. Tenemos que estudiar sus antecedentes. Hasta que no dispongamos del visto bueno, queda usted detenido; sabe ya demasiado para dejar que ande por ahí suelto. Pero no se preocupe, se trata de una simple formalidad.

Aquella «formalidad» resultó ser una prisión del Servicio de Inteligencia que dejaba Alcatraz como un campamento de verano. Pero a Rogan no se le ocurrió que esto pudiera ser algo típico de los servicios de inteligencia. Una semana después, prestó juramento como alférez y, al cabo de tres meses, estaba ya al mando de la sección encargada de descifrar todos los códigos europeos menos los de Rusia, que formaban parte de la sección asiática.

Rogan era feliz. Por primera vez en su vida, hacía algo emocionante y trascendental. Su memoria, su cerebro increíblemente privilegiado, ayudaba a su país a ganar la guerra. En Washington, pudo elegir chicas a placer. Y enseguida fue ascendido. La vida le sonreía, pero en 1943 volvió a sentirse culpable. Le parecía que utilizaba su intelecto para eludir la primera línea de fuego y se ofreció voluntario para la sección de espionaje en el frente. Oferta rechazada: Rogan era demasiado valioso para poner su vida en peligro.

Entonces se le ocurrió la idea de hacer de centralita andante para coordinar la invasión de Francia desde el interior. Preparó el plan con todo detalle; era un plan brillante y el Estado Mayor lo aprobó. Así fue como el flamante capitán Rogan fue lanzado en paracaídas sobre Francia.

Rogan estaba orgulloso de sí mismo y sabía que su padre también lo habría estado. Sin embargo, su madre lloró a lágrima viva porque el chico arriesgaba su cerebro, aquel fabuloso órgano que ella había alimentado y cuidado durante tanto tiempo. Rogan hizo caso omiso. Consideraba que, hasta la fecha, no había hecho nada extraordinario con su cerebro. Quizá, terminada la guerra, descubriría su verdadera vocación y podría demostrar su talento. Pero había aprendido lo suficiente para saber que la inteligencia en bruto necesita años de arduo trabajo para desarrollarse por completo. Ya tendría tiempo después de la guerra. El día de Año Nuevo de 1944, el capitán Michael Rogan aterrizó en paracaídas sobre la Francia ocupada como oficial en jefe de las comunicaciones aliadas con la Resistencia francesa. Instruido con agentes británicos del SOE (Ejecutivo de Operaciones Especiales), había aprendido a manejar un transmisor-receptor y llevaba, quirúrgicamente implantada en la palma de la mano izquierda, una minúscula cápsula suicida.

Su guarida era la casa de una familia francesa apellidada Charney, en la localidad de Vitry-sur-Seine, al sur de París. Rogan organizó allí su red de mensajeros e informadores, y transmitió por información codificada a Inglaterra. En alguna ocasión, recibía por radio peticiones de los detalles necesarios para la inminente invasión de Europa.

Aquélla demostró ser una vida tranquila y apacible. Los domingos por la tarde, cuando hacía buen tiempo, se iba de picnic con la hija de la familia, Christine Charney, una chica dulce y piernilarga de pelo castaño. Christine estudiaba música en la universidad. Empezaron a salir juntos y, al cabo de un tiempo, ella se quedó embarazada.

Tocado con una boina y provisto de su documentación falsa, Rogan se casó con Christine en el ayuntamiento y luego volvieron a casa de los Charney para llevar a cabo juntos las tareas de la Resistencia.

Cuando los aliados invadieron Normandía el 6 de junio de 1944, Rogan tuvo tal tránsito de comunicaciones en su radio que cometió un par de descuidos. Al cabo de dos semanas, la Gestapo se presentó en casa de los Charney y arrestó a todo el mundo. Esperaron el momento más oportuno. No sólo detuvieron a los Charney y a Michael Rogan, sino también a seis mensajeros de la Resistencia que esperaban envíos. En el plazo de un mes, todos ellos fueron interrogados, juzgados y ejecutados; con la excepción de Michael Rogan y su esposa, Christine. Al interrogar a los demás presos, los alemanes se habían enterado de la capacidad de Rogan para memorizar intrincados códigos, y querían darle un trato diferente. A su mujer la mantenían con vida —o eso le dijeron a Rogan entre sonrisas— como «cortesía especial». Ella estaba ya de cinco meses.

Seis semanas después de ser capturados, Michael Rogan y Christine Charney fueron llevados a Múnich en distintos coches de la Gestapo. En la bulliciosa plaza principal de dicha ciudad, se hallaba el Palacio de Justicia y, dentro de éste, uno de los juzgados donde dio comienzo para Michael Rogan el interrogatorio final y el más terrible de a cuantos lo sometieron. Duró días y días, hasta que perdió la cuenta. Sin embargo, en los años que siguieron, su memoria prodigiosa no le ahorró ni un solo detalle; al contrario: le repitió segundo a segundo toda aquella agonía, una y otra vez. Rogan sufrió cientos de pesadillas diferentes. Empezaban siempre con los siete hombres que conformaban el equipo de interrogadores, que lo esperaban en la sala de techo alto del Palacio de Justicia muniqués: lo esperaban con paciencia y buen humor, pues lo que se disponían a hacer les resultaba placentero.

Los siete llevaban brazaletes con la esvástica, pero había dos que vestían prendas de una tonalidad diferente. Por eso, y por la insignia en el cuello de la chaqueta, Rogan dedujo que uno de ellos pertenecía a las fuerzas armadas húngaras, y el otro, al ejército italiano. Ninguno de los dos tomó parte activa en la primera fase de los interrogatorios; hacían de observadores.

El jefe del equipo era un oficial alto, de porte aristocrático y ojos hundidos, que aseguró a Rogan que sólo buscaban los códigos almacenados en su cabeza y que luego los dejarían en libertad, a él y a su mujer embarazada. Ese primer día lo acribillaron a preguntas; pero Rogan no rompió su silencio y se negó a responder a una sola de ellas. La noche del segundo día oyó que Christine pedía auxilio en la sala contigua. Gritaba: «¡Michael!, ¡Michael!», una y otra vez. Estaba atormentada. Rogan miró al interrogador al mando a los ojos y susurró: «Basta. Déjenla en paz. Les diré todo lo que quieran saber.»

Durante los cinco días siguientes, les proporcionó viejas combinaciones de códigos ya descartadas. De algún modo, supieron que los estaba engañando; tal vez al compararlas con mensajes interceptados. Al día siguiente, lo sentaron en la silla y formaron un círculo a su alrededor. No le hicieron preguntas; no lo tocaron. El del uniforme italiano se fue a la sala contigua y, poco después, Rogan oyó chillar de nuevo a su esposa. El dolor que transmitía su voz era inenarrable. Rogan empezó a decir que hablaría, que les diría todo cuanto quisieran saber, pero el jefe del equipo meneó la cabeza. Permanecieron sentados en silencio mientras los gritos atravesaban las paredes, hasta que finalmente Rogan se dejó resbalar hasta el suelo, llorando acongojado, al borde del desmayo. Entonces lo arrastraron por el suelo hasta la sala contigua, donde el interrogador del uniforme italiano se hallaba sentado junto a un fonógrafo. El disco negro de vinilo reproducía los gritos de Christine, que podían oírse por todo el Palacio de Justicia.

—No nos has engañado en ningún momento —dijo con desdén el interrogador en jefe—. Hemos sido más listos que tú. Que sepas que tu mujer murió torturada el primer día.

Rogan los miró detenidamente, de uno en uno. Si salía de ésa, algún día los mataría a todos.

No comprendió hasta más tarde que ésa era justamente la reacción que ellos buscaban. Le prometieron la vida si les proporcionaba los códigos correctos; y Rogan, deseoso de venganza, se los dio. Durante dos semanas proporcionó códigos y explicó cómo funcionaban. Lo devolvieron a su celda incomunicada, y allí pasó lo que le parecieron meses. Una vez por semana era escoltado hasta la sala de techo alto e interrogado por los siete hombres, algo que más tarde Rogan atribuyó a un procedimiento rutinario. Él no tenía manera de saber que en aquellos meses las fuerzas aliadas habían atravesado toda Francia y penetrado en Alemania, y que entonces se encontraban a las puertas de Múnich. Cuando lo llamaron para la última sesión, no sabía que los siete interrogadores se dispusieran a huir y ocultar su verdadera identidad, que fueran a mezclarse con la masa de alemanes para eludir el castigo por sus crímenes.

—Te vamos a dejar en libertad; mantendremos la promesa que te hicimos —le dijo el tipo de porte aristocrático y ojos hundidos. La voz parecía sincera. Era una voz de actor, quizá de orador.

Otro de los interrogadores señaló unas prendas de paisano que había sobre el respaldo de una silla:

—Quítate esos harapos y ponte esto.

Sin acabar de creérselo, Rogan se cambió de ropa delante de ellos. Incluso había un sombrero Fedora de ala ancha, que uno de los hombres le encajó en la cabeza. Todos sonreían de manera amistosa. El oficial aristocrático, con su voz sincera y bien timbrada, dijo:

—¿No te alegra saber que vas a ser libre? ¿Que vas a vivir?

Pero, de repente, Rogan supo que aquel hombre mentía. Algo no encajaba. Sólo seis de los hombres estaban allí con él, y los vio intercambiar sonrisas secretas, perversas. Entonces notó en la nuca el contacto frío y metálico de una pistola. Su sombrero se inclinó hacia delante cuando el cañón del arma empujó el ala del mismo por detrás, y Rogan sintió el terror de quien sabe que está a punto de ser ejecutado. Todo había sido una farsa e iban a matarlo como a un animal, como si de una broma se tratara. En ese momento, un tremendo rugido invadió su cerebro; parecía que se hubiera sumergido bajo el agua, y que su cuerpo fuera arrancado del espacio que ocupaba para explotar en un negro vacío sin fin...

Que Rogan sobreviviera fue un milagro. Le habían disparado en la nuca y luego habían arrojado su cuerpo sobre una pila de cadáveres, prisioneros ejecutados antes que él en el patio del Palacio de Justicia. Seis horas más tarde, la avanzadilla del Tercer Ejército Norteamericano entraba en Múnich y las unidades médicas hallaban el montón de cadáveres. Cuando llegaron a Rogan, les sorprendió comprobar que aún vivía. La bala había desviado su trayectoria al impactar en el hueso del cráneo y le había abierto una brecha sin llegar a penetrar en el cerebro; era un tipo de herida que solía causar la metralla, no armas de pequeño calibre.

Rogan fue intervenido en un hospital de campaña y enviado de vuelta a Estados Unidos. Pasó dos largos años sometido a tratamientos especiales en diversos hospitales militares. La herida le había dañado la vista: sólo veía bien en línea recta, le faltaba visión lateral. Con mucho esfuerzo, su vista mejoró lo bastante para poder sacarse el permiso de conducir y llevar una vida normal. Sin embargo, Rogan había aprendido a fiarse más del oído que de la vista, siempre que eso era posible. Al cabo de aquellos dos años, la placa de plata que sujetaba los huesos destrozados por la bala ya era como una parte más de su cuerpo... Salvo en momentos de tensión. Entonces parecía que toda la sangre del cerebro se le agolpara contra la placa.

Cuando los médicos le dieron el alta, le recomendaron que no bebiera alcohol, que limitara sus relaciones sexuales y que, a poder ser, no fumara. Le aseguraron que su capacidad intelectual no había mermado, pero que iba a necesitar más descanso que una persona normal. También le recetaron medicamentos para las migrañas. La presión craneal interna se incrementaría a consecuencia de la placa que le habían colocado y de los daños causados por la bala.

En otras palabras, su cerebro era tremendamente vulnerable a todo tipo de tensión física o emocional. Si se cuidaba, podría vivir hasta los cincuenta, incluso hasta los sesenta. Debía seguir las indicaciones a rajatabla, tomar la medicación —que incluía tranquilizantes— y presentarse una vez al mes en un hospital de veteranos para someterse a un chequeo y ajustar el tratamiento. Sin embargo, le aseguraron que su prodigiosa memoria no había quedado afectada en absoluto; lo cual, a la postre, resultó ser la ironía final.

Rogan pasó los diez años siguientes ciñéndose a esas instrucciones, tomando la medicación, yendo cada mes a hacerse un chequeo. Pero su perdición fue, precisamente, aquella mágica memoria suya. Por la noche, al acostarse, era como si le pasaran una película. Veía con todo detalle a los siete hombres en la sala alta del Palacio de Justicia de Múnich. Sentía cómo le empujaban el sombrero hacia delante, el frío tacto del arma en la nuca. Luego, el rugiente y negro vacío se lo tragaba entero. Y, cuando cerraba los ojos, oía los atroces gritos de Christine que venían de la sala contigua.

Fueron diez años de constante pesadilla. Tras recibir el alta, Rogan decidió establecerse en Nueva York. Su madre había muerto al enterarse de que él estaba desaparecido en combate, de modo que no tenía sentido volver a su ciudad natal. Por otra parte, le pareció que en Nueva York tal vez encontraría una utilidad a su capacidad mental.

Consiguió empleo en una de las grandes compañías de seguros. El trabajo consistía básicamente en analizar estadísticas; pero, para gran sorpresa suya, Rogan descubrió que aquello resultaba muy difícil. No conseguía concentrarse. Fue despedido por incompetente, una humillación que lo afectó tanto física como psicológicamente. Eso también hizo que aumentara su desconfianza hacia los demás. ¿Cómo se atrevían a ponerlo de patitas en la calle después de haberse jugado, literalmente, la vida para salvarles el pellejo durante la guerra?

Luego entró a trabajar como funcionario en la Administración de Veteranos, con sede en Nueva York. Le concedieron el grado GS-3, con un salario de sesenta dólares semanales por realizar la sencillísima tarea de archivar y clasificar. Había millones de expedientes sobre los nuevos veteranos que habían combatido en la Segunda Guerra Mundial, y a raíz de ello Rogan empezó a pensar en los ordenadores. Pero su cerebro aún tardaría dos años más en manejar cómodamente las complejas fórmulas matemáticas que requerían dichos sistemas informáticos.

Llevaba una vida muy aburrida en la gran ciudad. Con lo que ganaba a la semana, apenas tenía para cubrir gastos como el alquiler del pequeño apartamento amueblado cerca de Greenwich Village, la comida congelada y el whisky. Este último lo necesitaba para emborracharse y no soñar por las noches.

Después de una jornada laboral archivando monótonos documentos, volvía a su pobre apartamento y se calentaba cualquier bazofia congelada. Luego bebía media botella de whisky y se estiraba en la cama sin hacer, a veces con la ropa puesta, sumido en un sopor etílico. Aun así, seguía teniendo pesadillas. Pero la realidad había sido mucho peor.

En el Palacio de Justicia muniqués lo habían despojado de su dignidad. Le habían hecho lo que los chavales quisieron hacerle cuando tenía trece años, el equivalente rudo y adulto de quitarle los pantalones y colgarlos de una farola. Habían echado laxantes a su comida, lo cual, sumado al miedo y a eso que ellos llamaban «gachas de avena» por la mañana y guiso por la noche, le había revuelto los intestinos; expulsaba lo que comía al momento, sin haberlo digerido. Cuando cada día lo sacaban de la celda para interrogarlo ante la mesa larga, notaba que los fondillos del pantalón se le pegaban al trasero. Apestaba. Sin embargo, lo peor de todo era ver las crueles sonrisitas en sus interrogadores. Sentía la vergüenza de un niño pequeño. Y no sabía por qué, pero aquello hacía que se sintiera más próximo a los siete hombres que se deleitaban en torturarlo.

Ahora, pasados los años y a solas en su apartamento, revivía la vejación física a la que había sido sometido. Era tímido y apenas salía del apartamento, como tampoco aceptaba invitaciones a fiestas. Conoció a una chica que trabajaba de empleada en su mismo edificio y, con un tremendo esfuerzo de voluntad, se obligó a reaccionar al obvio interés de ella. Un día, mientras cenaban en el apartamento de Rogan, la chica dejó entrever que su intención era pasar allí la noche. Sin embargo, cuando se acostaron, Rogan descubrió que era impotente.

Unas semanas después de esto, lo llamaron de la oficina de personal. Su supervisor era un veterano de la Segunda Guerra Mundial que, por tener treinta empleados a su cargo, se creía superior a ellos. Tratando de ser amable con Rogan, le dijo:

—Puede que, ahora mismo, este trabajo le resulte demasiado complicado; tal vez debería realizar alguna tarea de tipo físico, como encargarse del ascensor, ¿me comprende usted?

El mero hecho de que hubiera dicho aquello con buena intención hizo que Rogan se lo tomara aún peor. Como veterano inválido, tenía derecho a impugnar su despido. El jefe de personal le aconsejó que no lo hiciera.

—Podemos demostrar que no está usted a la altura de este trabajo —le dijo a Rogan—. Tenemos las notas de sus oposiciones a la administración pública, y no puede decirse que sean buenas. Quizá si asiste usted a clases nocturnas pueda mejorar un poquito.

El asombro con que Rogan reaccionó fue tan grande que se echó a reír. Pensó que una parte de su expediente debía de haberse extraviado, o que aquellas personas creían que él había falseado datos al rellenar el formulario. Tenía que ser eso, se decía a sí mismo mientras los veía sonreír. Sí, creían que les había dado un currículum falso. Rogan se echó a reír otra vez, salió del despacho y abandonó el edificio y aquel aburrido empleo que ni siquiera era capaz de llevar debidamente a cabo. Nunca más volvió allí y, al cabo de un mes, recibió por correo la carta de despido. Se vio obligado a vivir de la pensión de invalidez, que hasta entonces no había tocado para nada.

Tener más tiempo libre se tradujo en más alcohol. Alquiló una habitación cerca del Bowery y se convirtió en otro de los marginados que pasaban el día bebiendo vino barato hasta perder el sentido. Dos meses después, regresaba a la Administración de Veteranos en calidad de paciente, y no precisamente por la herida en la cabeza. Padecía malnutrición, y estaba tan débil que un simple catarro podía acabar con su vida.

Durante su estancia en el hospital, se topó con un amigo de la infancia, Philip Houke, que estaba ingresado allí por una úlcera. Y fue Houke, entonces abogado de profesión, quien consiguió a Rogan su primer empleo relacionado con los ordenadores, y quien le devolvió cierto nivel de humanidad al recordarle el talento que tenía.

Pero el camino de vuelta fue largo y duro. Rogan estuvo seis meses en el hospital, los primeros tres para desintoxicarse del alcohol. Durante los tres siguientes, fue sometido a diversas pruebas relacionadas con su cráneo, además de a otras especiales de fatiga mental. Todo ello se tradujo en un diagnóstico por fin completo y correcto: el cerebro de Michael Rogan conservaba su casi sobrehumana memoria y parte de su inteligencia creativa, pero no podía resistir un uso prolongado e ininterrumpido ni soportar mucha tensión sin rendirse a la fatiga. Rogan jamás podría pasar horas y horas concentrado en un trabajo creativo de investigación. Ahora mismo cualquier tarea que requiriese una dedicación prolongada quedaba descartada.

Aquella noticia no afectó a Michael Rogan: al fin sabía realmente a qué atenerse. Además, se sentía aliviado por dejar de ser el responsable de un «tesoro de la humanidad»: su sentimiento de culpa había desaparecido. Cuando Philip Houke le consiguió un puesto de trabajo en una de las empresas informáticas de reciente creación, Rogan descubrió que, sin él saberlo, su mente había estado trabajando en problemas de ingeniería informática desde su etapa en la Administración de Veteranos. Así, en menos de un año, resolvió muchos problemas técnicos gracias a sus conocimientos de matemáticas. Houke propuso que Rogan fuera admitido como socio de la empresa y se convirtió en su asesor financiero. En los años siguientes, la empresa informática de Rogan pasó a ser una de las diez más importantes del sector en Estados Unidos. Luego entró en Bolsa, y sus acciones triplicaron su valor en menos de un año. Rogan empezaba a ser conocido como «el genio de la informática», de ahí que el departamento de Defensa —una vez consolidado como tal tras aglutinar diversos departamentos independientes— recurriese a él para que los asesorara. A los diez años de terminada la guerra, Rogan era millonario y triunfaba en la vida, pese a no poder trabajar más de una hora diaria.

Además de ocuparse de todos los asuntos profesionales de Rogan, Philip Houke se convirtió en su mejor amigo. La esposa de Houke intentó despertar su interés por las mujeres presentándole a amigas solteras, pero ninguna de las aventuras prosperó. Rogan seguía siendo víctima de su memoria. En las noches de pesadilla, seguía oyendo los gritos de Christine en el Palacio de Justicia de Múnich; volvía a sentir aquella cosa húmeda y pegajosa en las nalgas mientras los siete interrogadores lo miraban con desdeñosas sonrisitas. «Es imposible —pensaba Rogan—, nunca podré empezar una nueva vida con otra mujer.»

Durante aquellos años se mantuvo al corriente de todos los procesos contra criminales de guerra en Alemania. Se suscribió a un servicio de resúmenes de prensa y, cuando empezó a cobrar derechos por sus patentes, contrató a una agencia berlinesa de detectives privados para que le enviara fotografías de todos los criminales de guerra encausados, independientemente de su rango militar. Parecía una tarea imposible, dar con siete hombres cuya identidad desconocía y que seguramente estarían haciendo todo lo posible por pasar inadvertidos.

La primera sorpresa la tuvo cuando la agencia de detectives le mandó una fotografía de un funcionario austríaco de aspecto muy digno, con este pie: «Albert Moltke absuelto. Conserva el escaño pese a su pasado nazi.» La cara era la de uno de los siete que andaba buscando.

Rogan jamás se había perdonado su descuido al transmitir mensajes radiados el Día D, descuido que tuvo como consecuencia la destrucción de su célula de Resistencia. Pero había aprendido la lección y actuó con la máxima cautela. Previo aumento de la cuota que pagaba a la agencia, dio instrucciones de que se vigilara de cerca a Albert Moltke durante todo un año. Al cabo del mismo, Rogan disponía de tres fotos más, con nombres y direcciones, tres informes de los asesinos de su mujer y sus propios torturadores en el Palacio de Justicia de Múnich. Uno de ellos era Karl Pfann, afincado en Hamburgo y dedicado al negocio de importación-exportación. Los otros dos eran hermanos —Eric y Hans Freisling—, propietarios de un taller mecánico y gasolinera en Berlín occidental. Rogan decidió que había llegado el momento.

Procedió a hacer los preparativos con el máximo esmero. Hizo que su empresa lo nombrara delegado de ventas para Europa, con cartas de presentación dirigidas a otras empresas informáticas de Alemania y Austria. No temía ser reconocido. La terrible herida y los años de sufrimiento habían cambiado notablemente su aspecto físico; además, estaba muerto. Para sus interrogadores, el capitán Michael Rogan había muerto de un tiro en la nuca.

Rogan tomó un vuelo con destino a Viena y estableció allí su cuartel general. Se hospedó en el Sacher Hotel, cenó opíparamente —una ración de la famosa *Sachertorte* de postre— y se sentó a tomar un brandy en el célebre Red Bar del establecimiento. Más tarde, salió a dar un paseo por las calles y escuchó la música de cítara que salía de los cafés. Anduvo mucho rato, hasta sentirse lo bastante relajado para volver a su cuarto y acostarse.

En las dos semanas siguientes, por medio de austríacos a los que conoció en dos empresas informáticas, Rogan logró que lo invitaran a fiestas importantes. Y, finalmente, en un baile municipal al que los burócratas del ayuntamiento debían asistir, se topó con Albert Moltke. El hombre había cambiado mucho. La buena vida y la buena comida habían endulzado sus facciones. El pelo era de un gris casi blanco. Toda su actitud corporal denotaba la cortesía superficial del político. Y del brazo llevaba a su esposa, una mujer esbelta y alegre, a todas luces mucho más joven que él y también a todas luces muy enamorada. Cuando advirtió que Rogan lo miraba, Moltke hizo una venia, como diciendo: «Muchas gracias por votarme. Sí, me acuerdo muy bien de usted. Venga a verme a mi oficina cuando quiera.» Un gesto típico de político experto. No era de extrañar que hubiese escurrido el bulto en el juicio por crímenes de guerra, pensó Rogan. Y se regodeó pensando que, al salir absuelto y publicar su foto los periódicos, Albert Moltke hubiera firmado sin saberlo su sentencia de muerte.

Moltke había saludado gestualmente al desconocido, pese a que los pies lo estaban matando y lo que más deseaba en ese momento era estar de vuelta en casa, tomándose un café y comiendo *Sachertorte* junto a la chimenea. Esas fiestas eran una lata; pero, después de todo, el *Partei* tenía que sacar fondos de alguna parte. Y él estaba en deuda con sus colegas, por su leal apoyo en aquellos tiempos difíciles. Moltke notó que su esposa Ursula le apretaba el brazo e inclinó de nuevo la cabeza, presintiendo que el desconocido debía de ser alguien importante, alguien a quien era preciso recordar.

Sí, el *Partei* y su querida Ursula lo habían respaldado cuando le habían sido imputados crímenes de guerra. Y, una vez absuelto, el proceso mismo resultó ser su mayor golpe de suerte. Había ganado unas elecciones municipales y su futuro político, por modesto que fuera, estaba asegurado. Llevaría una vida placentera. Pero luego, como le solía ocurrir, cavilaba: ¿y si el *Partei* o Ursula descubrieran que los cargos de los que se le acusaba eran ciertos? ¿Seguiría amándolo su mujer? ¿Lo abandonaría si llegase a averiguar la verdad? No, Ursula jamás le creería capaz de semejantes crímenes, por más pruebas que hubiese en su contra. Ni él mismo podía creerlo. Por aquel entonces, era otro hombre: más duro, más frío, más fuerte. Y sin embargo... ¿cómo podía ser? A veces, cuando acostaba a sus dos hijos pequeños, sus manos dudaban en el acto de tocarlos. Aquella manos suyas no podían tocar tanta inocencia. Pero el jurado había sido unánime. Lo había absuelto tras sopesar todas las pruebas, y no podían juzgarlo otra vez por el mismo delito. Según la ley, Albert Moltke era inocente, por siempre jamás. Y sin embargo... y sin embargo...

El desconocido se le acercaba. Era un hombre alto, muy fornido, con una cabeza de extraña forma. Apuesto, como lo eran los alemanes morenos. Pero Moltke reparó entonces en su traje bien confeccionado. No, sin duda aquel hombre era americano. Moltke había conocido a muchos desde que terminara la guerra, por asuntos de negocios. Sonrió a modo de bienvenida y volvió la cabeza para presentarle a su esposa, pero ésta se había alejado unos pasos y estaba hablando con otra persona. Segundos después, el americano se le presentaba. Su apellido sonaba algo así como Rogar, lo cual le resultó vagamente familiar.

—Enhorabuena por su ascenso al *Recordat*. Y enhorabuena por la absolución de hace ya unos años —dijo Rogan.

Moltke le dedicó una sonrisa cortés, seguida de un discurso de circunstancias:

—Un jurado patriótico cumplió con su deber y, afortunadamente para mí, decidió a favor de un inocente compatriota alemán.

Charlaron un rato. El americano insinuó que le vendría bien cierta ayuda legal para poder montar su negocio de informática. Eso interesó a Moltke, quien adivinó que lo que el americano quería era ahorrarse unos cuantos impuestos municipales. Dado que, por su experiencia pasada, esto podía reportarle pingües beneficios, Moltke agarró al americano del brazo y le dijo:

—¿Por qué no salimos a tomar el aire y caminar un poco?

El americano sonrió, asintiendo con la cabeza. La mujer de Moltke no los vio salir.

Mientras caminaban por las calles de la ciudad, el norteamericano preguntó:

—¿A usted no le suena mi cara?

Moltke hizo una mueca:

—Pues ahora que lo dice, mi querido amigo, me resulta familiar; pero piense que me presentan a multitud de personas. —Estaba un poco impaciente; quería que el americano fuese al grano.

Con una ligera sensación de inquietud, Moltke se percató de que entraban en un callejón desierto. Entonces el americano se le acercó al oído y susurró algo que casi hizo que se le parara el corazón.

—¿Se acuerda del *Rosenmontag* de 1945, en Múnich? ¿El Palacio de Justicia?

Ahí fue cuando Moltke recordó la cara; no se sorprendió cuando el americano dijo:

—Me llamo Rogan.

En el miedo que atenazaba a Moltke había también una abrumadora vergüenza, como si por primera vez se creyera realmente culpable.

Rogan vio que Moltke lo había reconocido. Condujo al asustado hombrecito al interior del callejón, consciente de que temblaba de pies a cabeza.

—No le haré daño —dijo Rogan—. Sólo quiero información sobre sus otros camaradas. Sé de Karl Pfann y de los hermanos Freisling. ¿Cómo se llamaban los otros tres y dónde puedo encontrarlos?

Moltke estaba aterrorizado. Echó a correr torpemente por el callejón; pero Rogan lo alcanzó sin dificultad, corriendo a su lado como si estuvieran entrenando. Acercándose al costado izquierdo del austríaco, Rogan desenfundó la Walther que llevaba en la sobaquera y, sin dejar de correr, ajustó el silenciador al cañón. No sintió lástima; no había piedad. Tenía los pecados de Moltke grabados en el cerebro; su memoria los había reproducido miles de veces. Era Moltke quien sonreía cuando Christine gritaba de dolor en la sala contigua, y Moltke el que había murmurado: «Vamos, no te hagas el héroe a costa de ella. ¿Es que no quieres que nazca tu hijo?» Tan persuasivo, tan razonable... cuando sabía que Christine ya estaba muerta. Moltke era el menos importante del grupo, pero los recuerdos que guardaba de él debían morir. Rogan le descerrajó dos disparos en las costillas; Moltke cayó de bruces y patinó por el suelo. Rogan continuó corriendo, salió del callejón y volvió al hotel. Al día siguiente, tomó un vuelo con destino a Hamburgo.

En Hamburgo, no le había resultado nada difícil localizar a Karl Pfann. Éste había sido el más despiadado de los siete interrogadores, pero su brutalidad tan literalmente animal había hecho que Rogan lo despreciara menos que a los otros. Pfann actuaba conforme a su manera de ser; era un hombre simple, estúpido y cruel. Rogan lo mató con menos odio del que había sentido al matar a Moltke. Todo había ido según lo planeado, pero Rogan no había contado con conocer a Rosalie, la chica alemana de la fragancia de rosas y su inocente y neutra amoralidad.

Acostado ahora junto a ella en la habitación del hotel, Rogan la acarició. Le había contado toda la historia, convencido de que Rosalie no lo delataría... o quizá con la esperanza de que lo hiciera y así poner fin a su carrera de asesino.

—¿Todavía te gusto? —preguntó.

Rosalie asintió, tomando una mano suya y llevándosela a un pecho.

—Deja que te ayude —dijo—. Esos hombres no me importan. Me da igual que mueran o no. Pero tú si me importas, bueno, un poquito. Llévame a Berlín y haré todo lo que me digas.

Rogan sabía que ella le era del todo sincera. La miró a los ojos, y la inocencia infantil que vio en ellos lo inquietó, igual que su inexpresividad emocional; era como si hacer el amor y matar a alguien estuviesen, para ella, a la misma altura ética.

Rogan decidió llevarla consigo. Le gustaba su compañía, y Rosalie podía ayudarle mucho. Además, parecía cierto que a ella no le importaba nada ni nadie más. Y Rogan no pensaba implicarla directamente en las ejecuciones.

Al día siguiente, se la llevó de compras a la Esplanade y a las galerías del Baseler Hospitz. Le compró dos conjuntos nuevos que resaltaban su piel rosada, el azul de sus ojos. Luego regresaron al hotel, hicieron el equipaje y, después de cenar, tomaron el vuelo nocturno a Berlín.

4

Unos meses después de terminada la guerra, a Rogan lo habían derivado del hospital de veteranos al cuartel general del Servicio de Inteligencia estadounidense en Berlín. Le habían pedido que investigara a varios sospechosos de crímenes de guerra para ver si eran alguno de los siete que lo habían torturado en el Palacio de Justicia de Múnich. Su caso constaba como Expediente A23.486 en los archivos de la Comisión Aliada para Crímenes de Guerra. Entre los sospechosos no había ninguno de los que él recordaba tan bien, de modo que lo mandaron de vuelta al hospital de veteranos. Antes, sin embargo, dispuso de unos días para vagar por la ciudad, y ver los escombros de tantos y tantos hogares destruidos le proporcionó una salvaje satisfacción.

La gran ciudad había cambiado mucho. Las autoridades de Berlín occidental habían renunciado a retirar los setenta millones de toneladas de ruinas generadas por los bombardeos aliados durante la guerra. Los escombros habían sido arrumbados hasta formar colinas artificiales, en las que después se habían plantado flores y pequeños arbustos. Parte de aquellos escombros habían servido para rellenar los cimientos de altísimos bloques de pisos construidos al más moderno estilo arquitectónico. Berlín se había convertido en una descomunal ratonera de piedra y acero, una ratonera en la que de noche afloraban los más perniciosos nidos de vicio de toda la Europa de posguerra.

Rogan se hospedó con Rosalie en el Kempinski Hotel, ubicado en la confluencia de Kurfürstendamm y Fasenenstrasse, tal vez el hotel más elegante de toda Alemania Federal. Hizo unas cuantas llamadas telefónicas a algunas de las empresas colaboradoras y concertó una cita con la agencia de detectives a la que había estado pagando durante los últimos cinco años.

Para celebrar su primer día juntos en Berlín, llevó a Rosalie a comer al Ritz, donde servían la mejor comida oriental. Rogan observó divertido lo contenta que comía Rosalie y el enorme apetito que demostraba. Pidieron sopa de nido de pájaro, que parecía una maraña de sesos vegetales manchados de sangre negruzca. El plato favorito de Rosalie fue una combinación de langosta, cerdo y porciones marronáceas de ternera a la nuez moscada; pero también le encantaron las costillas a la brasa y el pollo con guisantes tiernos. Probó las gambas con salsa tamari y asintió en señal de aprobación. Todo ello acompañado de varias raciones de arroz frito e innumerables tazas de té. En conjunto, un almuerzo pantagruélico, aunque Rosalie dio cuenta de ello sin esfuerzo aparente. Acababa de descubrir que existía otra comida aparte del pan, la carne y las patatas. Rogan, sonriendo al verla tan feliz, dejó que rebañara las fuentes.

Por la tarde fueron de compras a Kurfürstendamm, cuyos bien iluminados escaparates iban perdiendo brillo, color y contenido a medida que la avenida se aproximaba al Muro. Rogan regaló a Rosalie un costoso reloj de oro con una tapa especial de piedras preciosas que se deslizaba hacia atrás cuando querías mirar la hora. Rosalie chilló de contento y Rogan pensó irónicamente que, así como a los hombres se los gana por el estómago, a las mujeres se las gana con regalos, cuantos más mejor. Sin embargo, cuando ella se inclinó para darle un beso y Rogan sintió unos palpitantes labios en los suyos propios, aquel cinismo desapareció por completo.

Por la noche la llevó al Eldorado Club, donde los camareros vestían como chicas y las chicas como chicos. Después fueron al Cherchelle Femme, sobre cuyo escenario unas chicas guapísimas se despojaban de la ropa como lo harían en su propia alcoba, todo ello salpicado de risitas sensuales y tocamientos vulgares. Al final, las chicas bailaban frente a unos enormes espejos con sólo unas medias negras y una boina roja en la cabeza. Rogan y Rosalie terminaron la noche en el Badewanne de Nürnberg Strasse. Bebieron champán y comieron diminutas salchichas blancas sirviéndose de los dedos y limpiándose en el mantel, como hacía todo el mundo.

Para cuando volvieron a la suite del hotel, Rogan estaba ya casi enfermo de deseo. Quería hacer el amor de inmediato; pero Rosalie, que reía como loca, se zafó de él y se metió en el dormitorio. Frustrado, Rogan se quitó la chaqueta y la corbata y empezó a prepararse un combinado en el pequeño bar de la suite. Al cabo de unos minutos, oyó que Rosalie lo llamaba con su dulce voz casi adolescente. Rogan se volvió en redondo.

Sobre sus rubios cabellos, Rosalie llevaba un sombrero nuevo que él le había comprado en Hamburgo, un encantador modelo con cintas verdes. Sus piernas lucían largas medias negras que le llegaban casi a la cadera. Y, entre el sombrero verde y las medias negras, estaba ella...

desnuda. Rosalie se aproximó lentamente a él, sonriendo de esa manera intensa y feliz con que sonríe una mujer que arde de pasión.

Rogan estiró el brazo. Ella lo esquivó y se dirigió al dormitorio, seguida rápidamente por él, que iba quitándose la ropa sobre la marcha. Luego, cuando hizo ademán de tocarla, ella no se movió. Y, ya acostados en la cama extragrande, él pudo oler una vez más la fragancia a rosas de su cuerpo y palpar aquella piel aterciopelada como los pétalos de una rosa, mientras iniciaban un periplo amatorio que acabó sofocando los ruidos de la noche berlinesa; los lastimeros gritos de los animales encerrados en el Tiergarten, bajo las ventanas de la suite, y las fantasmagóricas imágenes de muerte y venganza que pululaban por el vulnerable cerebro de Rogan.

5

Rogan quería que su primer contacto con Eric y Hans Freisling pareciese casual. Al día siguiente alquiló un Mercedes, se acercó a la gasolinera de los hermanos y pidió que le revisaran el coche. Lo atendió Hans, y cuando Rogan fue a la oficina para pagar vio allí a Eric, sentado en una butaca de piel mientras revisaba la contabilidad.

Los dos Freisling habían envejecido bien; tal vez porque, para empezar, ninguno de ellos había sido atractivo de joven. El paso de los años había tensado aquellas bocas de expresión astuta, los labios ya no eran tan generosos. Vestían con más elegancia que antes y su manera de expresarse era menos vulgar. Pero seguían siendo innobles, sólo que ahora no se trataba de asesinar, sino simplemente de robar.

La agencia de alquiler había revisado el Mercedes ese mismo día y todo estaba correcto. Sin embargo, Hans Freisling se disponía a cobrarle veinte marcos por unos pequeños ajustes mecánicos, y añadía que era preciso cambiar la correa del ventilador. Rogan sonrió y dijo que adelante. Mientras le cambiaban la correa, se dedicó a charlar con Eric y aprovechó para comentarle que trabajaba en la fabricación de ordenadores y que pasaría un tiempo en Berlín. Fingió no percatarse del codicioso interés que se reflejó en el rostro de Eric Freisling. Y, cuando Hans entró para decir que ya había cambiado la correa del ventilador, Rogan le dio una cuantiosa propina y se marchó. Después de aparcar frente al hotel, abrió el capó del Mercedes: no le habían cambiado la correa del ventilador.

Rogan visitaba asiduamente la estación de servicio de los Freisling con el Mercedes. Los hermanos, aparte de birlarle el dinero con la gasolina o el aceite, se mostraban extraordinariamente amistosos, y Rogan entendió que tramaban algo, aunque aún no sabía de qué podía tratarse. Sin duda, lo habían tomado por un primo, un alma cándida. Pero él, pensó, también tenía planes para los dos. Antes de matarlos, sin embargo, debía sonsacarles los nombres y las señas de los otros tres interrogadores, sobre todo del jefe. Mientras tanto, procuraba aparentar calma para no asustarlos. Siguió utilizando su dinero como cebo y esperó a que los Freisling movieran ficha.

El fin de semana siguiente, domingo por la tarde, recibió un aviso de la recepción del hotel: dos hombres deseaban verle. Rogan sonrió a Rosalie. Los Freisling habían mordido el anzuelo. Pero fue Rogan quien se llevó una sorpresa. Aquellos hombres eran dos desconocidos. Mejor dicho, uno sí y el otro no. Rogan reconoció de inmediato al más alto de los dos. Era Arthur Bailey, el agente del Servicio de Inteligencia estadounidense que, hacía más de nueve años, lo había interrogado en Berlín sobre su «ejecución» y le había pedido que identificara a varios sospechosos. Bailey miró impasible a Rogan mientras le mostraba su identificación.

—Acabo de repasar su expediente, señor Rogan —dijo—. No se parece usted en nada a las fotos de hace años. Cuando lo vi el otro día, no lo reconocí.

—¿Y eso cuándo fue? —preguntó Rogan.

—Hace como una semana, en la gasolinera Freisling —respondió el agente. Era un individuo larguirucho, muy del Medio Oeste, con un acento inequívocamente americano como lo eran su pose y la ropa que vestía. Rogan se extrañó de no haber reparado en él en la gasolinera.

Bailey le sonrió amablemente.

—Ya que los ha mencionado, creemos que los hermanos Freisling son agentes de la Alemania comunista, además de estafadores. Por eso, cuando usted se presentó por allí y pareció trabar cierta amistad con ellos, nos pusimos a investigar. Llamamos a Washington, comprobamos sus visados y todo lo demás. Luego, al leer su expediente, hubo algo que me llamó la atención y me hizo ir a la hemeroteca. Finalmente, lo comprendí. Usted ha conseguido localizar a los siete hombres que lo torturaron y ha venido para liquidarlos. Primero cayó Moltke en Viena; después, Pfann en Hamburgo. Y los hermanos Freisling son los siguientes en la lista, ¿verdad?

—He venido a Alemania a vender ordenadores —dijo Rogan, con cautela—. Nada más.

Bailey se encogió de hombros.

—Lo que haga o deje de hacer me trae sin cuidado. No soy un policía alemán. Pero se lo diré bien claro: a los Freisling no les toque ni un pelo. He invertido mucho tiempo para conseguir las pruebas, y detrás de ellos podría caer toda una red de espías del Este. No quiero que los liquide usted y quedarme yo con una pista ciega...

De repente, Rogan comprendió el interés que habían demostrado por él los hermanos Freisling.

—¿Les interesan los datos técnicos de mis nuevos ordenadores? —preguntó a Bailey.

—No me extrañaría nada. Los ordenadores, los de

última generación, están en la lista de embargo a los países comunistas. Pero no es eso lo que me preocupa; sé cuáles son sus intenciones, Rogan. Y se lo advierto: si da ese paso, puede contarme entre sus peores enemigos.

Rogan lo miró con frialdad.

—No sé de qué demonios me habla, pero permita que le dé un consejo: no se interponga en mi camino, porque lo aplastaré. Además, usted no puede hacerme absolutamente nada. Tengo contactos en el Pentágono. Les interesan mucho más mis nuevos ordenadores que cualquier mierda que usted pueda aportar sobre una miserable célula de espionaje.

Bailey lo miró como reflexionando y luego advirtió:

—Está bien, a usted no podemos hacerle nada, pero ¿y la chica? —Rosalie permanecía sentada en el diván—. A ella podríamos causarle algún inconveniente. ¿Qué digo?, una simple llamada telefónica y le aseguro que ya no le vuelve a ver el pelo.

—¿De qué coño está hablando?

La cara angulosa de Bailey adoptó una expresión de fingida sorpresa.

—¿Ella no se lo ha contado? Hace seis meses, se fugó de un manicomio a orillas del Nordsee. La ingresaron en 1950 con un diagnóstico de esquizofrenia. Todavía la están buscando, aunque tampoco es que se esfuercen demasiado. Bastará con una llamada para que la policía venga a buscarla. Recuérdelo. —Bailey hizo una pausa y luego, muy despacio, añadió—: Cuando ya no necesitemos a esos dos tipejos, lo avisaré. ¿Por qué no se los salta y va a por el resto de la lista?

—Porque desconozco la identidad de los otros tres. Cuento con que eso me lo revelen los Freisling.

Bailey meneó la cabeza.

—Ese par jamás hablará, a menos que les valga la pena. Son duros de pelar. Déjelos en nuestras manos.

—No —dijo Rogan—. Tengo un método infalible. Haré que hablen y, después, se los dejo a ustedes.

—Miente, señor Rogan. Sé cómo nos los va a dejar. —Adelantó la mano para estrechar la de Rogan—. Ya he cumplido con mi deber oficial, pero después de leer su dossier no puedo sino desearle suerte. Ojo con esos Freisling; son un par de astutos hijos de puta.

Una vez se hubieron marchado Bailey y su mudo acompañante, Rogan encaró a Rosalie.

—¿Es verdad lo que han dicho de ti?

Rosalie se incorporó con las manos entrelazadas sobre el regazo y, mirando fijamente a Rogan, respondió:

—Sí.

Aquella noche no salieron. Rogan hizo que subieran comida y champán a la habitación y, en cuanto terminaron de cenar, fueron a acostarse. Rosalie acunó la cabeza en el hombro de él y dio unas caladas al cigarrillo que Rogan había encendido.

—¿Tengo que explicártelo? —preguntó.

—Como quieras —dijo Rogan—. Eso no cambiará nada, y me refiero a tu enfermedad.

—Ahora estoy bien —observó ella.

Rogan la besó con dulzura.

—Ya lo sé.

—Quiero contártelo —dijo Rosalie—. Puede que dejes de quererme, pero necesito hacerlo.

—No tiene importancia, en serio —insistió Rogan.

Rosalie estiró el brazo para apagar la lámpara de la mesita de noche. A oscuras, podría hablar con más libertad...

6

Cuánto lloró aquel terrible día de la primavera de 1945. El mundo se derrumbaba cuando ella era apenas una soñadora adolescente de catorce años. El gran dragón de la guerra se la había llevado consigo.

Salió de casa temprano para ir al huerto que la familia había alquilado en Hesse, a las afueras de Bublingshausen. Más tarde, trabajaba con la pala cuando una sombra enorme cubrió la tierra oscura. Al levantar la cabeza, vio que una inmensa flota de aviones tapaba el sol y, a continuación, oyó el tronar de las bombas que llovían sobre las fábricas de productos ópticos de Wetzlar. Luego, las bombas rebosaron como el agua de un vaso y alcanzaron su indefenso pueblo medieval. La chica, aterrorizada, sepultó la cara en la tierra blanda mientras todo el suelo se estremecía violentamente. Cuando el cielo dejó de rugir y la sombra se apartó del sol, la muchacha regresó al centro de Bublingshausen.

Estaba en llamas. Las casas, como juguetes a los que un niño depravado hubiese prendido fuego, iban quedando reducidas a ceniza. Rosalie corrió por las floridas calles que tan bien conocía, esquivando escombros humeantes, pensando que todo era un sueño: ¿cómo podían desvanecerse tan deprisa los edificios que había visto toda la vida?

Entonces torció por la calle que llevaba a su casa, en el Hintergasse, y lo que vio fue una hilera de habitaciones desnudas, unas sobre otras. Fue algo mágico ver las casas de sus vecinos y amigos sin paredes que las protegieran: dormitorios, comedores... como una casa de muñecas o el decorado de una obra teatral. Y allí estaba también la alcoba de su madre, y la cocina de la casa donde había vivido aquellos catorce años.

Rosalie se topó con una montaña de escombros al aproximarse a la entrada. En la inmensa pila de ladrillos pulverizados, sobresalían los botines marrones y las piernas con el pantalón a cuadros de su padre. Vio más cuerpos cubiertos de un polvo rojo y blanco; y fue entonces cuando descubrió un brazo solitario que señalaba al cielo en muda agonía, con una sortija de oro trenzado en un dedo gris: era el anillo de boda de su madre.

Aturdida, Rosalie se dejó caer sobre los escombros. No sentía dolor, no sentía pena: sólo un extraño entumecimiento. Transcurrieron las horas. Anochecía cuando oyó un rumor de acero sobre piedra desmenuzada. Alzó la cabeza y divisó una hilera de tanques americanos que atravesaba lo que quedaba del pueblo. Dejaron atrás Bublingshausen y volvió a reinar el silencio. Al poco rato, pasó un camión militar con capota de lona; se detuvo, y un soldado americano saltó del asiento del conductor. Era muy joven, rubio, de cara lozana. Se acercó a Rosalie y le dijo, en mal alemán:

—¡Eh!, *liebchen*, ¿te vienes con nosotros?

Como no había ya nada que hacer, como la gente a quien quería había muerto y el huerto donde había estado trabajando tardaría meses en dar fruto, Rosalie se subió al camión.

No se detuvieron hasta la noche. Entonces el soldado rubio la llevó a la trasera del vehículo, le dijo que se acostara sobre unas mantas del ejército y se arrodilló a su lado. Abrió una caja de color verde y le ofreció un trozo de queso duro y un poco de chocolate. Después, se estiró a su lado.

El cuerpo de aquel soldado despedía calor, y Rosalie sabía que, mientras pudiera sentir esa calidez, no moriría, no acabaría tragada por una humeante pila de ladrillos destrozados como la que ahora sepultaba a sus padres. Y, cuando el soldado se arrimó a ella y Rosalie sintió la presión de aquella carne dura en el muslo, se dejó hacer. Luego el soldado la dejó acurrucada sobre las mantas, pasó a la cabina y arrancó.

El camión se detenía por la noche, y más soldados entraban en la parte de atrás y se acostaban con ella sobre las mantas. Rosalie fingía dormir y se dejaba hacer. Por la mañana, se ponían otra vez en marcha; y así, hasta que por fin pararon en el centro de una gran ciudad en ruinas.

El aire era muy frío y Rosalie notó la humedad del norte. Sin embargo, aunque había leído cosas sobre Bremen en la escuela, no reconoció la famosa ciudad mercantil en aquel inmenso erial de edificios bombardeados.

El soldado rubio la ayudó a bajar del camión y la llevó a un edificio cuya planta baja estaba milagrosamente intacta. La hizo entrar en un salón comedor atestado de pertrechos militares donde había una estufa negra encendida. En un rincón había una cama, y le ordenó que se tumbara. «Me llamo Roy», dijo el soldado. Y luego se puso encima de ella.

Rosalie pasó las tres semanas siguientes en aquella cama. Roy colocó unas mantas a modo de cortinas para convertir aquel rincón en un espacio privado. Después,

Rosalie recibió a toda una procesión de hombres sin rostro que la penetraron. No le importó. Estaba viva y no pasaba frío; mejor que muerta y tiesa bajo los escombros.

Al otro lado de la manta-cortina oía carcajadas masculinas, oía a los hombres jugar a las cartas y el tintineo de vasos y botellas. Cuando se marchaba un soldado y otro ocupaba su lugar, ella siempre lo recibía con una sonrisa y los brazos abiertos. En cierta ocasión, uno asomó la cabeza a la improvisada alcoba y soltó un silbido de admiración. A los catorce años de edad, Rosalie ya era una mujer completamente desarrollada.

Los soldados la trataban como a una reina. Le llevaban comida en abundancia, alimentos que ella no había probado desde antes de la guerra. Y toda aquella comida parecía dotar su cuerpo de una pasión infatigable. Era un verdadero tesoro de amor, y ellos la mimaban tanto como usaban su cuerpo para desahogarse. Un día, Roy, el soldado que la había recogido, le dijo preocupado: «Oye, nena, ¿quiere dormir un poco? Echaré a todo el mundo.» Pero Rosalie negó con la cabeza. Y es que, mientras fueran entrando y saliendo soldados sin rostro, ella podría creer que todo era un sueño: la carne dura, los pantalones a cuadros de su padre sobresaliendo de la pila de escombros, la mano con el anillo de boda señalando al cielo. Así, todo eso nunca sería verdad.

Pero un día llegaron otros soldados; casco blanco y pistola a la cadera. Le ordenaron que se vistiera y la condujeron hasta un camión donde ya había otras muchas chicas, unas haciendo broma, otras llorando. Rosalie debió de desmayarse una vez dentro, pues lo siguiente que vio fue que estaba en un hospital. Borroso y como muy lejano, vio que un hombre de blanco la miraba fijamente. Bajo la bata, llevaba un uniforme militar norteamericano.

Estirada en la fresca cama blanca oyó decir al doctor:

—Así que ésta es la que lo tiene todo. Y, además, embarazada. Habrá que practicarle un aborto. Entre la penicilina y la fiebre, han matado al feto. ¡Lástima! Es una chica preciosa.

Rosalie se rio. Sabía que era un sueño, que todavía estaba junto al huerto a las afueras del pueblo, esperando volver a casa. Quizás habrían recibido carta de su hermano mayor, que estaba en el frente oriental. Pero el sueño tardaba mucho en terminar. Y ahora estaba asustada, el sueño era demasiado horrible. Rompió a llorar, hasta que, por fin, despertó del todo...

Había dos médicos junto a su cama; uno alemán, y el otro, americano. Este último sonrió.

—Bueno, jovencita. Esta vez te has salvado por muy poco. ¿Puedes hablar?

Rosalie asintió.

—¿Sabes que has mandado a cincuenta soldados americanos al hospital con enfermedades venéreas? Has causado más estragos que todo un regimiento nazi. Bien, dime: ¿has mantenido relaciones con soldados en alguna otra parte?

El médico alemán le tradujo. Rosalie se acodó en la cama, cubriéndose pudorosamente los pechos con el otro brazo, y preguntó muy seria:

—Entonces ¿no era un sueño? —Al ver la cara de perplejidad del médico, se echó a llorar—. Quiero ir con mi madre, quiero volver a casa. Quiero volver a Bublingshausen.

Cuatro días después, la ingresaban en el manicomio del Nordsee.

En la oscuridad de la habitación del hotel berlinés, Rogan la atrajo hacia sí. Ahora entendía el porqué de su inexpresividad emocional, de su aparente falta de valores morales.

—¿Estás bien? —preguntó.

—Sí —contestó ella—. Ahora, sí.

7

Al día siguiente, Rogan se desplazó en el Mercedes hasta la gasolinera de los Freisling y les pidió que hicieran varias modificaciones en la carrocería. En concreto, quería que el enorme maletero fuese completamente hermético. Mientras los operarios se ponían manos a la obra, Rogan se compinchó con los dos hermanos, les habló de su trabajo y de que su empresa buscaba la oportunidad de vender sus ideas a los países del Telón de Acero.

—Legalmente, por supuesto —añadió Rogan, en un tono de voz que daba a entender justo lo contrario: que aceptaría de buen grado un chanchullo que diese dinero.

Los Freisling le sonrieron con cara de captar el mensaje. Luego le hicieron preguntas más específicas sobre su trabajo y, finalmente, le propusieron ir con ellos de visita turística a Berlín Este. A Rogan le encantó la idea.

—Claro que sí —contestó, metiéndoles prisa.

Pero ellos sonrieron, diciendo:

—*Langsam, langsam.* ¡Calma, calma!

Habían visto varias veces a Rosalie con él, y estaba claro que les gustaba mucho. Un día, cuando Rogan salió del despacho tras pagar una factura, se encontró con que Eric Freisling hablaba muy serio con ella, la cabeza metida por la ventanilla del Mercedes. Cuando arrancaron, Rogan le preguntó a Rosalie:

—¿Qué te decía ése?

Rosalie respondió, impasible:

—Quería que me acostara con él y que te espiara.

Rogan guardó silencio. Luego, mientras aparcaban frente al hotel, ella inquirió:

—¿Cuál de los dos era el que hablaba conmigo? ¿Cómo se llama?

—Eric —respondió Rogan.

—Pues, cuando los mates —repuso ella con una encantadora sonrisa—, deja que te eche una mano con ese Eric.

Rogan pasó el día siguiente haciendo sus propias modificaciones en el Mercedes, y el resto de la semana lo dedicó a recorrer Berlín en coche mientras urdía sus planes. ¿Cómo conseguiría que los Freisling le dieran los nombres de los tres que faltaban? Un día, pasó frente al enorme aparcamiento contiguo a la principal estación de ferrocarril de la ciudad. Allí había millares de coches aparcados. Rogan sonrió: el cementerio perfecto.

Para crear la imagen de que era un derrochador con gustos vulgares —cosa que, a la vez, podía dar a entender una corruptibilidad moral—, Rogan llevó a Rosalie a los clubes nocturnos más caros y de peor fama. Sabía que los hermanos Freisling, y quizás incluso el aparato de contraespionaje alemán oriental, estarían vigilándolo.

Cuando los Freisling les organizaron la visita turística a Berlín Este, Rogan esperaba que el contacto se produjera entonces. Llevaba en el bolsillo unos planos de ordenador para vender, pero no hubo contacto. Vieron el búnker de hormigón donde Hitler había muerto. Los rusos intentaron volarlo; sin embargo, los muros eran tan gruesos y estaban tan compactados a base de cemento y acero, que no fue posible destruirlos. El histórico refugio antibombas que había presenciado el suicidio del loco más temido de todos los tiempos era ahora un montículo en medio de un gran parque infantil.

Siguieron paseando por el barrio conocido como Hansa, salpicado de enormes bloques de pisos de color gris y diseño vanguardista, y les causó rechazo la visión de uno de los nuevos caprichos arquitectónicos del complejo. Todas las tuberías y los conductos para desperdicios, aguas residuales, etc., terminaban en un gigantesco edificio de cristal donde quedaban a la vista y formaban una especie de nido de perniciosas serpientes metálicas. Rosalie se estremeció.

—Volvamos a casa —sugirió. El nuevo mundo le gustaba tan poco como el viejo.

De vuelta en Berlín Oeste, fueron directamente al hotel. Rogan sacó la llave y abrió la puerta de la suite para que entrara Rosalie, momento que aprovechó para darle unas palmadas en el trasero. Tras franquear el umbral, y mientras procedía a cerrar la puerta, la oyó dar un respingo. Se volvió en redondo.

Le estaban esperando. Los hermanos Freisling estaban sentados a la mesa de centro, fumando. Habló Hans:

—No se alarme, herr Rogan. Comprenderá usted que, en nuestro oficio, hay que ser precavidos. No queríamos que nadie se enterara de que nos habíamos puesto en contacto con usted.

Rogan se adelantó para estrecharles la mano a los dos, sonriendo como para darles confianza.

—Entiendo —dijo. Pero entendía mucho más. Que se habían presentado antes para registrar su habitación y averiguar si él era un infiltrado. Quizá también con la intención de encontrar y llevarse los planos sin pagar; así, el dinero comunista podrían embolsárselo ellos. Pero no habían tenido suerte y se habían visto obligados a esperar. Rogan tenía los planos en el bolsillo de la chaqueta. Lo más importante, es decir, los siete sobres, el arma y el silenciador, estaba todo en una bolsa pequeña que había guardado en la consigna del hotel.

Hans sonrió. La última vez que Hans Freisling había sonreído así, su hermano Eric se había acercado furtivamente a Rogan por detrás para dispararle en la nuca.

—Quisiéramos comprar algunos de los planos, claro que de manera estrictamente confidencial. ¿Estaría usted de acuerdo?

Rogan le devolvió la sonrisa.

—Quedamos mañana a cenar, aquí mismo en el hotel —dijo—. Comprenderán que debo dar ciertos pasos. No guardo todo lo que necesito en esta habitación.

Eric Freisling mostró una astuta sonrisa.

—Lo comprendemos —dijo. Quería dar a entender que habían registrado la habitación; quería que Rogan supiera que, con ellos, no se jugaba.

Aquella noche, en la cama, Rogan no pudo corresponder a Rosalie; y, cuando ella se quedó dormida, encendió un cigarrillo y esperó a que empezase la pesadilla de siempre. Cuando empezó, ya iba por el tercer cigarrillo.

El telón se abría lentamente, y Rogan se encontraba una vez más en la sala alta del Palacio de Justicia muniqués. En las infinitas sombras de su cerebro, siete hombres cobraban forma. Cinco de ellos estaban borrosos, pero a dos —Eric y Hans Freisling— los veía con total nitidez, como si un potente foco los estuviera iluminando. El rostro de Eric era como él lo recordaba de aquel día fatídico: boca grande y algo fofa, astutos e inquietos ojos negros, nariz gruesa, y aquella brutalidad estampada en el conjunto de sus facciones.

El rostro de Hans Freisling era similar al de Eric, sólo que cambiaba brutalidad por perfidia en la expresión. Era Hans quien abordaba al joven Rogan para engañarlo con su falsa bondad. Hans lo miraba fijamente a los ojos y lo tranquilizaba, diciendo:

—Ponte esa ropa, amigo. Te vamos a dejar libre. Los americanos están ganando la guerra y, algún día, tal vez tú puedas ayudarnos. Recuerda que te salvamos la vida. ¡Vamos, rápido, cámbiate!

Y él, confiado, se ponía la ropa nueva y sonreía agradecido a los siete asesinos de su esposa. Cuando Hans Freisling tendía la mano en señal de amistad, el joven Rogan hacía lo propio para estrechársela. Sólo entonces las caras de los otros cinco se volvían claras y mostraban sus ladinas sonrisas furtivas. Rogan pensaba: «¿Dónde está el séptimo hombre?» Justo en ese instante, el ala de su sombrero nuevo se inclinaba sobre sus ojos. Acto seguido, sentía en la nuca el frío metal del cañón del arma. El vello se le erizaba de terror. Y, antes de que la bala impactara en su cráneo, se oía un grito prolongado: «¡¡Ahhhhhh!!» pidiendo clemencia. Y lo último que veía era la sonrisa astuta y complacida de Hans Freisling.

Debió de gritar en sueños. Rosalie estaba despierta y él temblaba de pies a cabeza, sin control. Ella se levantó de la cama y, con una toalla pequeña mojada en alcohol, le refrescó la cara. Luego le empapó todo el cuerpo de alcohol, llenó la bañera de agua caliente e hizo que se sentara dentro. Rosalie se quedó apoyada en el borde de mármol de la bañera. Rogan notó que los temblores iban a menos y que la presión de la sangre contra la placa de plata remitía.

—¿Dónde aprendiste este truco? —preguntó a Rosalie.

Ella sonrió.

—Los tres últimos años que pasé en aquel manicomio hice de ayudante. Entonces ya estaba casi recuperada. Pero necesité tres años para tomar la decisión de fugarme.

Rogan le cogió el cigarrillo y dio un par de caladas.

—¿Por qué no te soltaron?

—No tenían con quién dejarme —respondió ella, con una sonrisa triste—. No tengo a nadie en el mundo. —Hizo una pausa y añadió—: Sólo a ti.

El día siguiente fue de mucho trajín para Rogan. Primero mandó a Rosalie de compras con unos 500 dólares en marcos. Él, por su parte, fue a hacer unos cuantos encargos. Se subió al Mercedes y, tras asegurarse de que nadie lo seguía, condujo hasta las afueras de la ciudad. En una farmacia, compró un pequeño embudo y varios medicamentos. Luego, en una ferretería, compró alambre, un tazón, clavos, cinta aislante y varias herramientas. De nuevo en el coche, encontró una calle desierta donde aún quedaban ruinas de la guerra, aparcó y se pasó unas tres horas haciendo modificaciones en el interior del vehículo. Desconectó todos los cables que accionaban las luces de freno y pasó otros cables por el maletero hermético. Practicó unos agujeros en la chapa e introdujo en ellos unos diminutos tubos de goma. Mezcló los productos químicos, los introdujo en el embudo y colocó éste sobre el tubito que ahora iba del suelo del coche hasta el volante. Era todo muy ingenioso, y Rogan confió en que funcionaría. Se encogió de hombros: si no funcionaba, usaría otra vez la pistola con silenciador. Pero hacerlo podía resultar peligroso, pues no costaría relacionarlo con los otros asesinatos cuando la policía comparara las pruebas de balística. «Bueno —se dijo Rogan—, al diablo.» Para entonces, su misión ya habría terminado.

Regresó al hotel y aparcó el Mercedes en el espacio reservado a los clientes. Antes de subir a la habitación, recogió su maleta de la consigna. Rosalie ya lo esperaba en la suite. No había tardado mucho en gastarse todo el dinero. Hizo un pase con el seductor conjunto parisino que acababa de comprar y que apenas le cubría los pechos.

—Si esos cabrones no se distraen con eso, no sé yo con qué —dijo Rogan, lanzándole una mirada exageradamente lasciva—. Bien, ¿estás segura de que sabes lo que debes hacer esta noche?

Rosalie asintió con la cabeza, pero él repitió una vez más las instrucciones, poco a poco y con detalle.

—¿Crees que esos dos te dirán lo que quieres saber? —preguntó Rosalie.

—Es más que probable —dijo Rogan sonriendo lúgubremente—. De una manera o de otra.

Llamó a recepción y pidió que subieran una cena para cuatro personas a las ocho en punto.

Los hermanos Freisling fueron puntuales: llegaron al mismo tiempo que el carrito con la cena. Rogan despidió al camarero y, mientras daban cuenta de la comida, concretaron los términos de la transacción. Terminaron de comer y Rogan sirvió cuatro vasitos de *Pfefferminz*, un licor mitad brandy, mitad menta.

—¡Ah! Mi bebida favorita —exclamó Hans Freisling.

Rogan sonrió para sus adentros. Había recordado que Hans solía tener a mano una botella de *Pfefferminz* en la sala de interrogatorios, y el olor a menta impregnaba el ambiente.

Al destapar la botella, Rogan introdujo las pastillas con mano rápida y experta. Los hermanos no se percataron, pese a que lo observaban con atención. Dada su innata suspicacia, esperaron a que Rogan bebiera primero.

—*Prosit!* —dijo Rogan, y echó un trago. El licor dulzón casi lo hizo vomitar.

Los Freisling apuraron sus copas de un trago y Hans se relamió de placer. Rogan le pasó la botella.

—Sírvete tú mismo —dijo—. Voy a buscar los documentos. Con permiso.

Se levantó y, al ir hacia el dormitorio, vio que Hans se servía otra copita y la apuraba. Eric no bebía, pero entonces Rosalie se inclinó hacia él en una exhibición de sus cremosos pechos, le llenó la copa y dejó caer la mano sobre sus gruesas rodillas. Eric levantó la copita y bebió, sin apartar los ojos de los pechos de Rosalie. Rogan se encerró en el dormitorio.

Abrió la maleta, sacó la pistola Walther y el silenciador y los acopló. Empuñando el arma a plena vista, abrió la puerta y pasó a la otra habitación.

La droga que había puesto en el licor era de acción lenta, pensada para entorpecer los reflejos de la víctima de forma que ésta sólo pudiera moverse y actuar con gran lentitud. Era similar al efecto que causa el exceso de alcohol en la coordinación de movimientos: provoca un desequilibrio físico y, sin embargo, deja al sujeto con la impresión de que está mejor que nunca. Así pues, los hermanos Freisling no eran todavía conscientes de lo que les estaba ocurriendo, y al ver a Rogan pistola en mano ambos saltaron de sus sillas, aunque a cámara lenta.

Rogan los sentó de sendos empujones y luego tomó

asiento ante ellos. Del bolsillo de su chaqueta sacó una bala achatada, bruñida por los años, y la arrojó sobre la mesa de centro.

—Tú, Eric —dijo—. Tú me disparaste esa bala en la base del cráneo hace diez años. En el Palacio de Justicia de Múnich. ¿Me recuerdas ahora? Soy el pobre compañero de juego al que pillaste por sorpresa mientras se cambiaba de ropa. Sí, mientras Hans me repetía que ibais a dejarme en libertad. He cambiado mucho. Esa bala cambió la forma de mi cráneo. Pero fíjate bien ahora: ¿me reconoces? —Hizo una pausa y añadió—: He vuelto para acabar la partida.

Entumecidos por la droga, los dos Freisling miraron fijamente a Rogan, perplejos. Fue Hans el primero en reconocerlo, el primero cuyo rostro reflejó sorpresa, conmoción, miedo. Intentaron escapar, pero se movían como bajo el agua. Rogan volvió a empujarlos, esta vez suavemente, para que se sentaran. Los cacheó. No iban armados.

—Tranquilos —dijo, imitando deliberadamente la voz de Hans—. No voy a haceros ningún daño. —Otra pausa—. Naturalmente, pienso entregaros a las autoridades, pero de momento lo único que quiero es un poco de información. Lo mismo que vosotros quisisteis de mí hace años. Yo entonces cooperé, ¿no es cierto? Sé que sois inteligentes y también vosotros cooperaréis.

Hans habló y, aun bajo el efecto de la droga, el tono de voz conservaba parte de su astucia innata.

—¡Desde luego! Te diremos todo lo que quieres saber.

—Pero, antes, vamos a negociar —repuso, o más bien gruñó, Eric.

Mientras estaban sentados y quietos, los Freisling parecían funcionar como siempre. Hans se inclinó hacia delante y dijo, con obsequiosa amabilidad:

—¡Eso! ¿Qué quieres saber, y qué harás si cooperamos?

—Quiero los nombres de los que estaban con vosotros en el Palacio de Justicia —contestó Rogan—. Quiero saber el nombre del torturador que mató a mi mujer.

Eric se inclinó también al frente y habló con parsimonia y desdén:

—¿Para matarnos a todos como hiciste con Moltke y Pfann?

—Los maté porque no quisieron darme los otros tres nombres —explicó Rogan—. Les ofrecí la oportunidad de vivir, como ahora a vosotros. —Hizo una seña a Rosalie.

Ella se acercó con papel y lápiz para los dos hermanos.

Hans puso cara de sorpresa y luego esbozó una sonrisa.

—Te lo diré ahora mismo. Se llaman...

Antes de que pudiera pronunciar otra palabra, Rogan se abalanzó sobre él y le golpeó la boca con la culata de la pistola. La boca se le inundó de sangre y dejó ver fragmentos de encía y de diente roto. Eric trató de acudir en defensa de su hermano, pero Rogan lo empujó de nuevo. No se fiaba de sí mismo; temía no poder parar hasta dejarlo muerto.

—No quiero oír más mentiras —dijo Rogan—. Para asegurarme de que decís la verdad, cada uno de vosotros escribirá por separado esos tres nombres en el papel. Y quiero que anotéis, también, dónde vive ahora cada uno de ellos. Me interesa especialmente el paradero del jefe del equipo. También quiero saber cuál de todos, en concreto, fue el que mató a mi esposa. Cuando hayáis terminado, compararé las listas. Si ambos habéis puesto los mismos datos, no os mataré. Si la información no concuerda, si habéis escrito nombres diferentes, moriréis los dos. Ése es el trato. Todo depende de vosotros.

Hans Freisling tenía náuseas y se sacaba fragmentos de diente roto y encía de la boca destrozada. No podía hablar. Eric hizo la última pregunta:

—¿Y si cooperamos?

Rogan trató de sonar lo más serio y sincero posible:

—Si escribís los dos la misma información, no os mataré. Pero os denunciaré como criminales de guerra. Tendréis que ir a juicio y, luego, ya veremos.

Le divirtió ver las miradas que intercambiaban los dos hermanos y supo perfectamente lo que estaban pensando. Aunque pasaran a disposición judicial y los juzgaran, incluso si los declaraban culpables, siempre podían recurrir y salir bajo fianza. Después conseguirían cruzar a la Alemania del Este y burlar la justicia occidental. Fingiendo no darse cuenta de las miradas, Rogan sacó a Hans de su silla y lo llevó al otro lado de la mesita, donde no pudiera ver lo que escribía su hermano.

—Adelante —dijo—. Y más vale que lo hagáis bien, o no saldréis vivos de aquí esta noche.

Apuntó con la Walther a la cabeza de Eric mientras vigilaba a Hans. Con el silenciador puesto, la pistola era un arma de aspecto terrorífico.

Los hermanos se pusieron a escribir. Atontados por la droga, les costaba hacerlo y, de hecho, transcurrió mucho rato hasta que Eric, y luego Hans, dieron por terminada la lista. Rosalie, que había estado sentada encima de la mesita, entre ambos, para impedir que pudieran hacerse señales, cogió los papeles y se los pasó a Rogan. Éste negó con la cabeza.

—Léemelo —dijo, y siguió apuntando a la cabeza de Hans. Ya había decidido matarlo a él primero.

Rosalie leyó en voz alta la lista de Eric:

—Nuestro jefe era Klaus von Osteen. Ahora es presidente del tribunal en los juzgados de Múnich. Los otros dos eran observadores. El hombre del ejército húngaro se llama Wenta Pajerski y es uno de los jefes del partido comunista en Budapest. El tercer hombre era Genco Bari, observador por cuenta del ejército italiano; vive en Sicilia.

Rosalie hizo una pausa. Cogió la libreta de Hans. Rogan contuvo la respiración.

—Klaus von Osteen era el jefe del equipo —leyó Rosalie—. Fue él quien mató a tu mujer. —Pese a la expresión de angustia en la cara de Rogan, continuó leyendo.

La información coincidía, los hermanos habían consignado básicamente la misma información, los mismos nombres, pero sólo Hans había nombrado al asesino de Christine. Y, al comprobar Rogan los dos papeles, vio que Eric había dado la mínima información posible, mientras que Hans había incluido detalles como que Genco Bari pertenecía a la mafia y que probablemente fuera un pez gordo de la organización. No obstante, Rogan tuvo la impresión de que los hermanos se habían guardado algo que él debería saber. Vio que volvían a intercambiar miradas astutas, como felicitándose por el resultado.

Una vez más, Rogan fingió no percatarse de ello.

—Muy bien —dijo—. Habéis sido sensatos, de modo que cumpliré mi parte del trato. Ahora debo entregaros a la policía. Saldremos de aquí juntos y bajaremos por la escalera de atrás. Recordad esto: no intentéis huir. Yo iré detrás de vosotros. Si reconocéis a alguien cuando salgamos del hotel, no intentéis dar la voz de alarma.

Los dos hermanos parecían tranquilos, Eric incluso le miraba abiertamente con expresión burlona. Rogan era tonto, pensaban. ¿No se daba cuenta de que la policía los pondría de inmediato en libertad?

Rogan siguió haciendo el papel de tonto y serio.

—Otra cosa —añadió—. Cuando lleguemos abajo, os haré entrar en el maletero del coche. —Vio la cara de miedo que ponían—. No os asustéis y no arméis alboroto. ¿Cómo voy a controlaros, si tengo que conducir? —preguntó con toda lógica—. ¿Y cómo puedo ocultaros de cualquier amigo que pueda estar esperándoos fuera, cuando salga del aparcamiento?

—El maletero de tu coche es totalmente hermético. Lo hicimos nosotros mismos en el taller. Ahí dentro nos asfixiaremos. Eso es que quieres matarnos.

—Descuida —dijo Rogan—, luego mandé hacer unos pequeños respiraderos. No hay problema.

Eric escupió al suelo e intentó agarrar repentinamente a Rosalie, pero la droga lo había dejado muy débil y ella pudo zafarse sin dificultad. Mientras así lo hacía, una de sus largas uñas pintadas rozó a Eric en un ojo. Freisling gritó, llevándose una mano al ojo izquierdo, y Rosalie se apartó de la línea de fuego.

Hasta ese instante, Rogan había dominado su ira. Ahora, la sangre empezaba a agolpársele en la cabeza con aquel dolor tan familiar.

—¡Cabrón de mierda! —gritó a Eric—. Has dado la menor información posible. No dices que Klaus von Osteen mató a mi mujer. Cuando me jugaría algo a que tú le ayudaste. Y, ahora, no quieres meterte en el maletero porque crees que te voy a matar. Muy bien, hijo de la gran puta, pues te voy a matar ahora, aquí mismo. Te voy a machacar hasta dejarte hecho papilla. No, quizá sólo te vuele la tapa de los sesos.

Hans puso paz. Casi con lágrimas en los ojos, hablaba con dificultad entre sus labios hinchados y amoratados por el culatazo:

—¡Cálmate y haz lo que te dice el americano! ¿No ves que se ha vuelto loco? —dijo a su hermano.

Eric Freisling estudió el rostro de Rogan.

—Está bien —cedió—. Haré lo que tú me digas.

Rogan permaneció inmóvil. Rosalie se le acercó por detrás y le tocó para devolverlo a un plano de cordura. Entonces, la ira de Rogan empezó a menguar.

—¿Sabes lo que tienes que hacer cuando nos marchemos?

—Sí —contestó ella.

Rogan sacó a los dos hermanos de la suite y los llevó escaleras abajo por la parte de atrás. Llevaba la pistola en el bolsillo. Cuando salieron al aparcamiento, Rogan les dio instrucciones en voz baja hasta llegar a donde tenía aparcado el Mercedes. Luego hizo que se arrodillaran en el suelo de gravilla mientras procedía a abrir el maletero. Eric se metió primero, con dificultad, pues la droga todavía afectaba a sus movimientos. Miró por última vez a Rogan con total desconfianza, y éste lo empujó al interior del espacioso maletero. Cuando Hans montó, intentó sonreír; fue una sonrisa casi obscena, con los labios sanguinolentos y un par de dientes rotos.

—¿Sabes una cosa? —preguntó, mansamente—, me alegro de que haya pasado esto. En todos estos años, no he podido quitarme de la cabeza lo que te hicimos entonces. Creo que, psicológicamente, me ayudará ser castigado por ello.

—¿En serio? —dijo educadamente Rogan, y bajó con brusquedad la puerta del maletero.

8

Rogan dio vueltas por Berlín con el Mercedes durante un par de horas, para asegurarse de que los tubos de goma enviaran aire suficiente al maletero. Esto era para dar tiempo a Rosalie a cumplir su parte del plan. Debía ir al salón de baile del hotel, tomar copas, coquetear y bailar con hombres solteros y sin compromiso, de modo que luego todos recordaran su presencia. Ésa sería su coartada.

Hacia la medianoche, Rogan tiró del cable prendido del volante. Esto cortaría el paso de aire e introduciría monóxido de carbono en el maletero; los hermanos Freisling morirían en cuestión de media hora. Rogan se dirigió hacia la estación de ferrocarril.

Sin embargo, al cabo de un cuarto de hora, paró el coche. Su intención era matarlos como ellos habían querido hacerlo en Múnich, sin avisar y dejándolos con la esperanza de salir en libertad. Quería matarlos como a animales... pero no podía.

Se bajó del Mercedes, fue a la parte de atrás y golpeó la chapa del maletero.

—¡Hans... Eric! —llamó, sin saber por qué usaba sus nombres de pila como si ya fueran amigos.

Volvió a llamar en voz baja pero apremiante, para avisarles de que iban camino de la perpetua oscuridad, de manera que pudiesen hacer examen de conciencia y rezar lo que tuviesen que rezar a fin de prepararse para el negro vacío. Volvió a golpear el maletero, esta vez con más fuerza, sin respuesta. Entonces comprendió lo que debía de haberles pasado. Bajo el efecto de la droga, seguramente los Freisling habían muerto al poco de conectar Rogan el monóxido de carbono. Para cerciorarse de que no fingían y en verdad estaban muertos, Rogan introdujo la llave en el maletero y abrió poco a poco la portezuela.

Aun con toda su maldad —el mundo salía ganando con aquella pérdida—, en sus últimos momentos los hermanos Freisling habían dado muestras de un toque humano. Estaban abrazados el uno al otro, y así habían muerto. No quedaba rastro de astucia ni perfidia en sus caras. Rogan los observó y pensó que había sido un error matarlos a los dos juntos. Sin querer, se había apiadado de ellos.

Cerró el maletero y condujo hasta la estación. Una vez allí, entró en el vasto aparcamiento y dejó el coche —uno más entre miles— en la parte que consideró más propensa a llenarse, junto a la entrada del lado este. Se apeó del Mercedes y echó a andar hacia el hotel. Por el camino, a la altura de una alcantarilla, dejó resbalar de su mano las llaves del coche.

Hizo a pie todo el recorrido desde la estación, de modo que eran casi las tres de la mañana cuando por fin entró en la suite del hotel. Rosalie lo esperaba levantada. Le llevó un vaso de agua para que se tomara las pastillas, pero Rogan ya notaba que la sangre se le agolpaba más y más en la cabeza. Primero el mareo acostumbrado, luego el sabor dulzón en la boca y, finalmente, aquel temible vértigo que lo envolvía, hasta empezar a caer... y caer... y caer...

9

Rogan tardó tres días en recuperar completamente la conciencia. Se hallaba todavía en la suite, tumbado en la cama, pero el dormitorio olía a hospital. Rosalie se acercó rápidamente al ver que estaba despierto. Detrás de ella, había un hombre barbudo de gesto malhumorado que recordaba al doctor alemán de ciertas películas cómicas.

—¡Ah! —exclamó el doctor con voz áspera—, por fin ha encontrado la manera de volver. Tiene suerte, mucha suerte. Pero ahora debo insistir en que vaya al hospital.

Rogan meneó la cabeza.

—Aquí estoy bien. Deme otra receta para mis pastillas. En un hospital, no voy a mejorar.

El médico se ajustó las gafas y se acarició la barba. Pese al camuflaje facial, se notaba que era joven y parecía más que perturbado por la belleza de Rosalie. Se volvió hacia ella para regañarla:

—Tiene que dar un respiro a este pobre hombre. Sufre fatiga nerviosa. Debe hacer reposo absoluto durante al menos dos semanas, ¿queda claro? —Arrancó de mala manera una hoja de su bloc de recetas y se la entregó a ella.

Alguien llamó a la puerta de la suite. Rosalie fue a abrir. Era el agente Arthur Bailey, de los Servicios de Inteligencia , que venía acompañado de dos inspectores alemanes.

—¿Dónde está su amigo? —preguntó a Rosalie. Ella le señaló el dormitorio y los tres hombres fueron hacia allá.

—Está enfermo —dijo Rosalie, pero ellos ya habían entrado en la habitación.

A Bailey no pareció sorprenderle ver a Rogan en cama, y tampoco mostró la menor consideración para con el enfermo.

—De modo que al final lo hizo, ¿eh? —dijo, lacónicamente.

—¿Hacer el qué? —preguntó a su vez Rogan. Ahora se encontraba bien, y sonrió a Bailey.

—Dejémonos de tonterías —replicó el agente—. Los hermanos Freisling han desaparecido. Así como así. Dejaron la gasolinera cerrada, sus cosas están todavía en la vivienda y el dinero sigue en el banco. Eso sólo puede significar una cosa: que están muertos.

—No necesariamente —objetó Rogan.

Bailey se impacientó.

—Tendrá que responder a unas cuantas preguntas. Estos señores son de la policía política alemana. Deberá vestirse para ir con ellos a su cuartel general.

Intervino el joven doctor, con una voz airada y autoritaria:

—Este hombre no puede moverse de aquí.

Uno de los inspectores le dijo:

—Preocúpese de sí mismo. No querrá malgastar tantos años de facultad para acabar cargando con un pico y una pala, ¿verdad?

El doctor, contrariamente a lo que Bailey daba por sentado, se enojó aún más.

—Si mueven a este hombre de aquí, es muy probable que muera. Y, si eso pasa, los demandaré a ustedes y a su departamento por homicidio.

Los inspectores, perplejos ante ese desafío, no volvieron a abrir la boca. Bailey se quedó mirando al doctor.

—¿Cómo se llama usted? —inquirió.

El joven le hizo una reverencia, casi entrechocó los talones, y respondió:

—Thulman, para servirle. Y usted, caballero, ¿cómo se llama?

Bailey lo miró, tratando de intimidarlo, y luego inclinó la cabeza y entrechocó los talones para mofarse del médico.

—Bailey —dijo—. Y a este hombre lo vamos a trasladar al Halle.

El médico lo observó con absoluto desprecio.

—Soy capaz de hacer más ruido que usted con los talones, incluso estando descalzo. Su imitación del aristócrata prusiano es pésima, pero dejémoslo ahí. Le prohíbo que mueva a este hombre, porque resulta que está enfermo; su salud correría un grave peligro. No creo que pueda usted permitirse pasar por alto mis advertencias.

Rogan vio que los otros tres estaban totalmente pasmados. Él mismo lo estaba. ¿Por qué ese médico arriesgaba el pellejo por él?

—¿Se nos morirá si le hago unas cuantas preguntas aquí y ahora? —dijo Bailey con sarcasmo.

—No —respondió el doctor—, aunque se va a fatigar.

Bailey hizo un gesto de impaciencia y volvió su larguirucho cuerpo hacia Rogan.

—Me he encargado personalmente de que anulen sus visados para viajar por Alemania —dijo—. Me da igual lo que haga en otro país, pero lo quiero fuera de mi territorio. Y no intente volver con documentación falsa. Daré orden de que lo vigilen mientras permanezca en Europa. Ahora ya puede dar las gracias al médico.

Bailey abandonó la habitación, seguido de los dos inspectores alemanes. Rosalie los acompañó hasta la puerta.

—¿Es eso verdad? —preguntó Rogan al médico—. ¿No se me puede mover?

El joven se rascó la barba antes de contestar:

—En efecto. Sin embargo, puede usted moverse por su cuenta, porque eso no causará estrés psicológico a su sistema nervioso. —Sonrió—. Me disgusta que gente sana, más aún si son policías, trate desconsideradamente a un enfermo. No sé qué se trae usted entre manos, pero estoy de su parte.

Rosalie acompañó al doctor hasta la puerta y luego volvió y se sentó en la cama. Rogan apoyó una mano en las suyas.

—¿Todavía quieres quedarte conmigo? —preguntó. Rosalie asintió con la cabeza—. Entonces recoge todas tus cosas. Nos marchamos a Múnich. Quiero ver a Klaus von Osteen antes que a los otros dos. Es el más importante.

Rosalie apoyó su cabeza en la de él.

—Te acabarán matando —dijo.

Rogan la besó.

—Por eso quiero acabar primero con Von Osteen. Me importa menos que los otros se salven, pero él es diferente. —Le dio un empujoncito—. Vamos, haz el equipaje.

Tomaron un avión por la mañana y, una vez en Múnich, se alojaron en una pensión donde Rogan contaba con pasar inadvertido. Sabía que Bailey y la policía alemana le seguirían los pasos hasta Múnich, pero probablemente tardarían unos días en averiguar su paradero. Para entonces, confiaba él, su misión habría terminado y estaría fuera del país.

Alquiló un turismo Opel mientras Rosalie iba a la biblioteca para buscar información sobre Von Osteen en la hemeroteca y conseguir su dirección particular.

Cuando se reunieron por la noche, Rosalie traía un informe completo. Klaus von Osteen era actualmente el magistrado de mayor rango en la jurisdicción muniquesa. Había empezado como el hijo gandul de una famosa familia noble emparentada con la realeza británica. Aunque había sido oficial del ejército alemán durante la guerra, no existía constancia escrita de que hubiese pertenecido al partido nazi. Poco antes de terminar la guerra, había resultado herido de gravedad; lo cual, aparentemente, lo convirtió en un hombre nuevo a sus cuarenta y tres años de edad. Reintegrado a la vida civil, había estudiado Derecho y llegado a ser, con el tiempo, uno de los mejores abogados de Alemania. Después entró en la escena política como moderado y partidario de la entente americana en Europa. Von Osteen tenía un futuro prometedor; se hablaba incluso de que podía llegar a canciller de la República Federal. Contaba con el apoyo de los industriales alemanes y las autoridades norteamericanas y, gracias a sus grandes dotes de orador, ejercía una magnética influencia en la clase obrera.

Rogan sonrió siniestramente.

—Sí, eso encaja. Tenía una voz tremenda, te creías todo lo que decía. Pero el muy cabrón supo borrar sus huellas.

—¿Estás seguro de que es el que buscas? —preguntó Rosalie, nerviosa.

—Lo es; tiene que serlo —respondió Rogan—. Eric y Hans no podrían haber dado el mismo nombre, si no. —Hizo una pausa—. Iremos a su casa después de cenar. Cuando le vea la cara, sabré si es el jefe del equipo, por mucho que haya cambiado. Pero seguro que es él, ya verás. Ese tipo era un aristócrata de verdad.

Fueron en coche hasta la dirección de Von Osteen, valiéndose de un mapa de la ciudad. La casa estaba en un barrio elegante; de hecho, era una mansión. Rogan aparcó y subieron los escalones de piedra hasta la maciza puerta señorial. Había una aldaba de madera con forma de cabeza de jabalí. Rogan llamó dos veces. Casi al momento, la puerta se abrió y apareció un mayordomo alemán a la antigua usanza, tremendamente gordo, servil. En un tono muy frío, dijo:

—*Bitte, mein herr.*

—Venimos a ver a Klaus von Osteen —dijo Rogan—. Es por un asunto confidencial. Dígale sólo que nos envía Eric Freisling.

—¡Lástima! —repuso el mayordomo en un tono menos frío. Sin duda, conocía el apellido Freisling—. El magistrado Von Osteen y su familia están de vacaciones en Suiza y tienen previsto ir a Suecia, Noruega e Inglaterra. Hasta dentro de un mes, no regresarán.

—¡Vaya! —exclamó Rogan—. ¿Y sabe dónde se hospedan ahora... la dirección?

El mayordomo sonrió, y su cara se transformó en un mapa de sebosa orografía.

—No —dijo—. El magistrado no sigue un programa, y solamente es posible contactar con él a través de canales oficiales. ¿Desea dejarle un mensaje, señor?

—No —respondió Rogan.

De vuelta en la pensión, Rosalie le preguntó:

—¿Qué piensas hacer?

—Tendré que jugármela —dijo él—. Iré a Sicilia para localizar a Genco Bari. Si todo sale bien, viajaré a Budapest y me ocuparé de Wenta Pajerski. Ya volveré a Múnich para acabar con Von Osteen.

—Pero ¿y tu visado de entrada? —inquirió Rosalie—. Bailey lo habrá cancelado.

—Mira, yo estuve en esto del espionaje. Ya encontraré la manera de conseguir un pasaporte falso, o un visado falso. Y si Bailey se me acerca demasiado, entonces tendré que olvidar que es compatriota mío.

—¿Y qué será de mí? —preguntó Rosalie.

Rogan tardó en responder:

—Estoy haciendo lo posible por que cada mes puedas cobrar un dinero fijo, una renta que seguirá vigente pase lo pase.

—¿No vas a llevarme contigo? —dijo Rosalie.

—No puede ser. Tendría que conseguirte papeles y, si te llevara conmigo, jamás podría despistar a Bailey.

—Entonces te esperaré aquí, en Múnich.

—De acuerdo. Pero tienes que hacerte a la idea de que no me verás durante un tiempo. Es muy probable que no salga impune de todo esto. Seguro que me cazan cuando acabe con Von Osteen.

Rosalie apoyó la cabeza en su hombro.

—No importa —dijo—. Te esperaré el tiempo que haga falta; ¿me lo permitirás, Michael?

Él le acarició el pelo, diciendo:

—Pues claro. Y ahora, ¿me harás un favor?

Ella asintió con la cabeza.

—Estaba mirando el mapa —dijo Rogan—. Podemos llegar a Bublingshausen en cuatro horas. Creo que sería bueno para ti ver ese sitio otra vez.

Rogan notó que toda ella se ponía tensa, la espalda arqueada de puro terror.

—¡Oh, no! ¡No!

Rogan la estrechó entre sus brazos.

—Pasaremos en coche por allí, será sólo un momento —dijo—. Verás cómo es ahora. Así quizá dejes de recordar cómo era antes. Puede que todo se vuelva borroso. Inténtalo. Conduciré muy rápido, te lo prometo. ¿Recuerdas que eso fue lo primero que le dijiste al médico, que querías volver a Bublingshausen?

El cuerpo de Rosalie había dejado de temblar.

—Está bien —dijo finalmente—. Volveré. Pero contigo.

10

A la mañana siguiente, cargaron las cosas de Rogan en el Opel. Habían decidido que después de pasar por Bublingshausen seguirían rumbo a Frankfurt, donde Rogan podría tomar un avión hasta Sicilia. Rosalie volvería en tren a Múnich y esperaría allí a Rogan.

—Cuando haya terminado en Sicilia y Budapest —le había asegurado Rogan—, regresaré a por Von Osteen. Y lo primero que haré será volver a la pensión. —En esto, le había mentido. Planeaba verla otra vez sólo si mataba a Von Osteen y lograba escapar.

El Opel recorría a gran velocidad las carreteras alemanas. Rosalie iba muy apartada de Rogan, pegada a la puerta contraria y mirando hacia fuera. Hacia mediodía, él le preguntó:

—¿Quieres que paremos a comer?

Rosalie negó con la cabeza. Al acercarse a Bublingshausen, se fue haciendo un ovillo en el asiento. Rogan se desvió de la *Autobahn* y, al poco rato, entraban en la ciudad de Wetzlar, cuyas fábricas de productos ópticos habían sido el primer objetivo de los bombarderos americanos que habían matado a los padres de Rosalie. El Opel avanzó despacio entre el denso tráfico de la ciudad hasta que llegaron al rótulo que, pintado de amarillo con una flecha hacia la carretera secundaria, decía «Bublingshausen». Rosalie hundió la cara entre sus manos para no ver nada.

Rogan condujo despacio. Al entrar en el pueblo, lo examinó con detenimiento. No se veían señales de la guerra. Estaba totalmente reconstruido, sólo que las casas ya no eran de madera pintada, sino de hormigón y acero. Había niños jugando en la calle.

—Ya estamos —dijo—. ¡Mira!

Rosalie seguía con la cara tapada. No respondió. Rogan condujo más despacio, de manera que el coche fuese fácil de dominar, estiró el brazo y separó las manos de Rosalie para obligarla a contemplar su pueblo natal.

Lo que sucedió entonces lo tomó por sorpresa. Rosalie se volvió hacia él, muy enfadada, y dijo:

—Éste no es mi pueblo. Te has equivocado. No reconozco nada.

Pero luego la calle se desviaba hacia campo abierto, y allí estaban las parcelas valladas, huertos particulares, cada cancela con el nombre del propietario impreso en una teja lacada de amarillo. Rosalie volvió a mirar, y Rogan se dio cuenta de que ahora sí reconocía el pueblo. Vio que ella empezaba a toquetear la manija de la portezuela y frenó. Rosalie salió disparada y echó a correr con torpeza hacia los huertos. Se detuvo, miró hacia lo alto y, finalmente, volvió la cabeza hacia Bublingshausen. Rogan vio que todo su cuerpo se arqueaba de angustia y, cuando ella se dejó caer al suelo, él salió del coche corriendo a su encuentro.

Rosalie estaba sentada de cualquier manera, con las piernas estiradas, llorando. Rogan no había visto a nadie llorar con tal desolación. Lloraba como un niño pequeño, con unos alaridos que habrían resultado cómicos si no le hubieran salido tan de dentro, estremecedores. Rascaba la tierra con las uñas como si quisiera infligirle daño. Rogan aguardó de pie a su lado, pero ella no dio muestras de saber que estaba allí.

Dos chicas que no tendrían más de catorce años se acercaron por la carretera del pueblo. Llevaban unos sacos en brazos e iban charlando alegremente. Franquearon las cancelas de sus huertos y se pusieron a cavar. Rosalie levantó la cabeza y ellas la miraron con curiosidad y cierta envidia. Envidia, sin duda, por la ropa que llevaba y por el hombre de aspecto acaudalado que la acompañaba. Rosalie dejó de llorar. Recogió las piernas e hizo que Rogan se sentara a su lado en la hierba.

Luego acunó la cabeza en su hombro y lloró, quedamente, durante mucho rato. Rogan entendió que ahora, por fin, era capaz de sentir verdaderamente la muerte de sus padres, y la del hermano que yacía en una tumba rusa. Y comprendió que, de muy joven, Rosalie había sufrido un shock que le impedía aceptar conscientemente su pérdida y la había llevado a la esquizofrenia y el manicomio. Ahora, pensó Rogan, tenía la oportunidad de superarlo.

Cuando hubo terminado de llorar, Rosalie se quedó sentada un momento mirando el pueblo y luego a las dos muchachas que cavaban. Éstas no dejaban de robarle miradas, devorar con los ojos sus caras prendas de vestir, examinar fríamente su belleza.

Rogan la ayudó a levantarse.

—Esas dos te envidian —dijo.

Rosalie asintió, sonriendo tristemente.

—Y yo a ellas.

Siguieron rumbo a Frankfurt y, una vez allí, Rogan llevó el coche a la oficina de la agencia de alquiler, en el aeropuerto. Rosalie esperó con él hasta que fue el momento de embarcar y, antes de despedirse, le preguntó:

—¿No podrías olvidarte de los otros, no podrías dejarlos vivir?

Rogan negó con la cabeza.

—Si te pierdo ahora, será el fin para mí —dijo ella, abrazándolo—. Estoy segura. Déjalos en paz, por favor.

—No puedo —dijo Rogan—. Quizá podría olvidarme de Genco Bari y del húngaro, pero a Klaus von Osteen jamás podré perdonarlo. Y, como él tiene que morir, los demás, también. Así son las cosas.

Ella seguía aferrada a él.

—Olvídate de Von Osteen —suplicó—. Da igual. Déjale que viva y así tú también vivirás, y yo seré feliz. Yo podré vivir feliz.

—No puedo —dijo él.

—Ya sé. Mató a tu mujer e intentó matarte a ti. Pero era la guerra y todos se mataban los unos a los otros. —Meneó la cabeza—. Intentaron asesinarte a ti, pero piensa que ése era un delito que cometía todo el mundo. Tendrías que matar a toda la humanidad para vengarte.

Rogan la apartó de sí.

—Soy consciente de todo lo que acabas de decir. He pensado mucho en ello todos estos años. Podría haberlos perdonado por matar a Christine y torturarla; podría haberlos perdonado por torturarme e intentar matarme a mí. Pero Von Osteen hizo algo que jamás podré olvidar ni perdonar. Me hizo algo que me ha privado de vivir en el mismo planeta que él, mientras él siga con vida. Me destruyó, me destrozó sin balas, sin levantar siquiera la voz. Fue más cruel que todos los demás. —Hizo una pausa, y notó que la sangre se le agolpaba contra la placa del cráneo—. En sueños, mato a Von Osteen; pero luego le devuelvo la vida para poder matarlo otra vez.

Los altavoces anunciaban su vuelo. Rosalie le dio un beso apresurado y dijo en voz baja:

—Te estaré esperando en Múnich. En la misma pensión. No me olvides.

Rogan la besó en los ojos y en la boca.

—Por primera vez desde que esto empezó, espero salir con vida —dijo—. Antes me daba igual. No te olvidaré.

Dio media vuelta y echó a andar por la rampa hacia el avión.

11

Mientras sobrevolaba Alemania en el crepúsculo vespertino, Rogan tuvo otra visión de cómo se había reconstruido el país. Las ciudades convertidas en escombros habían renacido con más chimeneas de fábrica, con agujas de acero aún más altas. Quedaban, sin embargo, feas cicatrices, partes arrasadas, las lacras de la guerra.

Esa misma noche estaba en Palermo; se había alojado en el mejor hotel e iniciado ya su búsqueda. Al preguntar al gerente si conocía a alguien llamado Genco Bari, el hombre se había encogido de hombros y hecho un gesto de impotencia: Palermo tenía una población de 400.000 habitantes. Él no podía conocerlos a todos, ¿verdad, *signore*?

A la mañana siguiente, Rogan contactó con una agencia de detectives para que localizaran a un tal Genco Bari. Les dio un generoso adelanto y prometió un plus si lograban dar con él. Después hizo una ronda por los departamentos oficiales: primero fue al consulado de Estados Unidos, luego habló con el jefe de policía de Palermo y, finalmente, visitó la redacción del principal periódico regional. En ninguna parte sabían nada de un tal Genco Bari.

Rogan pensó que era imposible no dar con él. Genco Bari tenía que ser un hombre de fortuna, puesto que era miembro de la mafia. Pero entonces comprendió que ahí estaba precisamente el problema. Nadie le iba a dar información sobre un capo mafioso. En Sicilia, primaba la ley de la *omertà*. El código del silencio era una arraigada tradición local: no dar nunca información de ninguna clase a las autoridades. El castigo por quebrantar la *omertà* era una muerte rápida y violenta. Así pues, ante la curiosidad de un extranjero, tanto el jefe de policía como la agencia de detectives se sentían incapaces de recabar información. Seguramente, también ellos acataban esa tácita ley.

Al término de la primera semana, Rogan estaba ya pensando en viajar a Budapest cuando recibió una visita inesperada. Era Arthur Bailey, el agente del Servicio de Inteligencia norteamericano en Berlín.

Bailey le tendió la mano sonriente, para darle a entender que iba en son de paz.

—Voy a echarle una mano —dijo—. He averiguado que tiene usted mucho enchufe en Washington y no quisiera salir mal parado. Bueno, también tengo motivos personales. Quiero evitar que eche por tierra, sin quererlo, buena parte del trabajo de base que hemos venido realizando en Europa para organizar redes de información.

Rogan se quedó mirándolo un buen rato. Era imposible dudar de la sinceridad de Bailey, de su simpatía y cordialidad.

—Está bien —dijo al fin—. Pues empiece ya y dígame dónde puedo encontrar a Genco Bari.

Ofreció una copa al flaco agente. Bailey se sentó, se relajó y tomó un sorbo de whisky escocés.

—No hay problema, se lo diré. Pero tiene que prometerme que dejará que le ayude hasta el final. Después de

Bari, le toca el turno a Pajerski en Budapest y, luego, a Von Osteen en Múnich, o a la inversa. Debe prometerme que seguirá mis consejos. No quiero que lo atrapen, porque eso provocaría un efecto dominó en nuestros contactos, un sistema de información que ha costado muchos años y millones de dólares.

Rogan no sonrió ni quiso mostrar excesiva camaradería:

—Vale. Usted dígame dónde está Bari... ¡ah!, y asegúrese de conseguirme un visado para Budapest.

—Genco Bari vive en una finca tapiada a las afueras de Villalba, una localidad en el centro de Sicilia. Los visados para entrar en Hungría lo esperan en Roma cuando esté usted listo. Y nada más llegar a Budapest, quiero que se ponga en contacto con el intérprete húngaro de nuestro consulado. Se llama Rakol. Él le proporcionará toda la ayuda que necesite y organizará su salida del país. ¿Le parece bien?

—Por supuesto —dijo Rogan—. Y cuando regrese a Múnich, ¿me pongo en contacto con usted o será al revés?

—Me pondré en contacto yo —respondió Bailey—. Descuide, sabré dar con usted.

Bailey se terminó el whisky. Luego, cuando Rogan lo acompañó al ascensor, dijo como si tal cosa:

—Las pistas que usted dejó al cargarse a esos cuatro tipos han hecho posible que supiéramos lo que sucedió en el Palacio de Justicia de Múnich. Así me enteré de Bari, Pajerski y Von Osteen.

Rogan sonrió educadamente.

—Me lo figuraba —dijo—. Pero resulta que yo los encontré por mi cuenta, así que importa poco lo que usted haya podido averiguar.

Bailey lo miró de un modo raro, le estrechó la mano y, justo antes de entrar en el ascensor, dijo:

—¡Buena suerte!

Si Bailey sabía el paradero de Genco Bari, dedujo después Rogan, todos los demás estaban también al corriente: el jefe de policía, la agencia de detectives, incluso probablemente el gerente del hotel. Bari era uno de los jefes de la mafia siciliana, su nombre debía de ser conocido en todo el país.

Rogan alquiló un coche y cubrió los ochenta kilómetros que distaban de Villalba. De pronto, se le ocurrió pensar que tal vez no saldría con vida de la isla, y que entonces los últimos miembros del grupo de Múnich no serían castigados. Pero ahora eso no parecía importarle demasiado, como tampoco le importaba haber tomado la decisión de no ver a Rosalie. Había dispuesto lo necesario para que ella recibiera una renta. Con el tiempo, Rosalie lo olvidaría y empezaría una nueva vida. Lo único importante ahora era acabar con Genco Bari. El hombre del uniforme italiano era el único de los siete que lo había tratado con sincera calidez. No obstante, también él había tomado parte en el último acto de la farsa.

Aquella última y fatídica mañana en el Palacio de Justicia de Múnich, Klaus von Osteen había sonreído desde las sombras, más allá de su enorme escritorio, mientras los hermanos Freisling lo instaban a él a cambiarse de ropa para «ser puesto en libertad». Genco Bari no había dicho nada; se había limitado a mirarle con cierta compasión. Después, había cruzado la sala y se había situado frente a Rogan para ayudarle con el nudo de la corbata. Es decir, había distraído a Rogan, el cual no sabía que tenía a Eric detrás. Bari, así pues, había tomado parte como los demás en la humillante fase de la ejecución. Y por haberse mostrado más humano que los otros, precisamente por eso, Rogan no podía perdonarlo. Moltke era un hombre egoísta y servil; Karl Pfann, una bestia, un bruto. Los hermanos Freisling eran el mal personificado. Lo que habían hecho era de esperar, les salía de dentro. Pero Genco Bari había dado muestras de calidez humana, y el hecho de intervenir en la tortura y la ejecución era una degeneración deliberada, execrable, imperdonable.

Mientras conducía bajo las estrellas en la noche siciliana, Rogan recordó cuánto había soñado con la venganza. Gracias a eso, había conseguido sobrevivir. Y cuando lo arrojaron sobre aquella pila de cadáveres, en el patio del Palacio de Justicia, la sangre manaba de su cráneo destrozado y su cerebro apenas palpitaba con una pequeñísima chispa, esa misma chispa que se había alimentado del odio para no extinguirse.

Y ahora que ya no estaba con Rosalie y que pensaba renunciar a ella, los recuerdos de su esposa afluían de nuevo a su memoria. «¡Ay, Christine! —pensó—, ¡cuánto te habría gustado esta noche estrellada, el aire balsámico de Sicilia! Tú siempre confiabas en todo el mundo, nadie te caía mal. Nunca llegaste a entender el trabajo que yo hacía. Nunca comprendiste lo que podía pasarnos a todos si nos capturaban. Cuando oía tus gritos en el Palacio de Justicia de Múnich, lo más aterrador era comprobar esa nota de sorpresa en tu voz. No creías que unos seres humanos pudieran hacer cosas tan terribles a otros seres humanos.»

Christine era preciosa: tenía unas piernas muy largas

para ser francesa, y los muslos, bien torneados; cintura de avispa y unos pechos pequeños y tímidos que se crecían cuando él los tocaba; sedosos cabellos de un castaño claro que caían en suave cascada, y unos ojos encantadoramente serios. Sus labios, carnosos y sensuales, tenían el mismo carácter y sinceridad que él veía en su mirada.

¿Qué le habían hecho antes de acabar con ella? Bari, Pfann, Moltke, los Freisling, Pajerski y Von Osteen. ¿Cómo habían provocado aquellos gritos? ¿De qué manera la habían matado? Si hubiera hecho estas preguntas a los otros, ellos le habrían mentido. Pfann y Moltke le habrían quitado hierro a la cosa; los Freisling se habrían inventado detalles morbosos para hacerlo sufrir aún más. Sólo Genco Bari le diría la verdad, de eso estaba convencido Rogan sin saber muy bien por qué. Por fin sabría cómo había muerto su mujer, entonces embarazada. Conocería la causa de aquellos gritos horribles, los gritos que sus torturadores habían grabado y reservado para utilizarlos contra él.

12

Llegó a Villalba sobre las once y media de la noche y, sorprendentemente, encontró las adoquinadas calles del pueblo iluminadas con ristras de farolillos de colores. A lo largo de las aceras, había puestos callejeros alegremente decorados donde los lugareños vendían salchichas, vino y gruesa pizza siciliana de anchoas en aceite sobre un generoso lecho de tomate. A Rogan se le hizo la boca agua. Paró el coche y devoró un perrito caliente hasta que la boca le ardió con las especias que llevaba la carne. En el siguiente puesto, compró un vaso de vino tinto.

Había llegado a Villalba el día de su patrona, santa Cecilia. Como era tradición, la gente celebraba el día del nacimiento de la santa con tres días de fiesta por todo lo alto. Rogan había llegado la noche del segundo día de festejos. A esas alturas, todo el mundo —incluido algún que otro niño— iba borracho gracias al joven y áspero vino siciliano. Rogan fue recibido como si fuera de la familia y, al oír que hablaba en su casi perfecto italiano, el hombre del puesto del vino, un individuo orondo con enormes bigotes que dijo llamarse Tullio, lo abrazó con toda la naturalidad del mundo.

Bebieron juntos. Tullio no lo dejaba marchar, y tampoco quiso cobrarle nada. Se fue formando un corro de hombres. Unos llevaban barras de pan rellenas de pimientos fritos; otros masticaban anguila ahumada. El empedrado era un salón de baile para los niños. Entonces, por la calle principal, aparecieron tres muchachas extrañamente ataviadas, los relucientes cabellos negros recogidos en lo alto, tomadas del brazo y lanzando provocativas miradas a los hombres. Eran las «putas» de la fiesta, expresamente elegidas y hechas ir al pueblo para desvirgar a los jóvenes que ese año habían alcanzado la mayoría de edad; así protegían el honor de las chicas del lugar.

Los hombres que rodeaban el puesto del vino se dispersaron, sumándose a la larga estela de jóvenes que iban dejando a su paso las tres putas de la fiesta.

Rogan pensó que había llegado en el momento perfecto. Podría hacer el trabajo esa misma noche y abandonar el pueblo por la mañana.

—¿Sabe dónde se encuentra la casa de Genco Bari? —preguntó a Tullio.

La cara del siciliano cambió bruscamente y quedó convertida en una máscara inexpresiva. Toda la camaradería se esfumó en un instante.

—No conozco a ningún Genco Bari —dijo.

Rogan se echó a reír.

—Vamos, hombre, hicimos la guerra juntos y me invitó a que viniera algún día a verlo aquí, a Villalba. Bueno, ya lo encontraré por mi cuenta.

Tullio recuperó súbitamente su antiguo yo.

—¡Ah!, entonces ¿también está usted invitado a la fiesta? Todo el pueblo está invitado. Vamos, yo también voy para allá. —Y, aunque había al menos cinco personas esperando a que les sirvieran vino, Tullio los despidió con un gesto y cerró el puesto. Luego, colgándose del brazo de Rogan, dijo—: Usted déjeme a mí y jamás olvidará esta noche mientras viva.

—Eso espero —dijo Rogan.

La villa de Genco Bari, situada a las afueras del pueblo, estaba protegida por un alto muro de piedra. La enorme verja de hierro forjado se hallaba abierta de par en par y, desde la entrada, se veía la mansión al fondo y luces de colores colgadas de árbol a árbol. Bari, en cuyas tierras trabajaba la mayoría de los lugareños, celebraba una jornada de puertas abiertas.

En largas mesas de exterior, se amontonaban inmensas fuentes de macarrones, fruta diversa y helado casero. Había mujeres que servían vasos de vino de unas garrafas puestas sobre la hierba. Toda la comarca parecía haberse congregado allí, en la fiesta del capo mafioso. Sobre una tarima, tres músicos se pusieron a tocar una música aflautada para bailar. E, instalado en un sitial de madera tallada sobre la misma tarima, estaba él: el hombre que Rogan había ido a matar.

El jefe mafioso estrechaba la mano a todo el mundo, sonreía con deferencia. Pero Rogan casi no lo reconoció. El rostro carnoso y moreno era ahora cadavérico, de un tono similar al del sombrero panamá que adornaba su cabeza. En medio de la alegría popular, Genco Bari era la máscara blanca de la muerte. Estaba claro, pensó Rogan, que tendría que actuar rápido, o un verdugo más impersonal le privaría de la venganza.

Hombres y mujeres se colocaban en un cuadrado para bailar al son de la tonada. Rogan se vio arrastrado hacia el vórtice de la danza. Fue como descender por un embudo de cuerpos humanos que finalmente lo escupió al aire libre de la mano de una muchacha siciliana. Otras parejas se separaban de la muchedumbre en vertiginoso movimiento para perderse entre los arbustos. La pareja de Rogan se puso a bailar detrás de un enorme tonel y echó un trago de una jarra de plata que había en lo alto. Después, se la tendió a Rogan.

Era hermosa. El vino había teñido de morado su sensual boca. Aquellos centelleantes ojos oscuros y la piel olivácea consumían la luz de los fanales con un fuego propio. Sus pechos colmados, que se desbordaban por el escote pronunciado de su blusa, latían al compás de su ansiosa respiración y, bajo la tela tirante de la falda, se adivinaban sus carnosos muslos, una carne ávida que no se dejaba contener. La chica vio beber a Rogan y presionó su cuerpo contra el suyo; luego lo guio por el laberinto de senderos arbolados hacia la parte posterior de la mansión. Rogan subió detrás de ella por unos escalones de piedra adosados a la pared exterior que describían una curva cerrada y terminaban en un balcón. Allí franquearon una puerta de cristal tintado y pasaron a un dormitorio.

La chica se dio la vuelta y ofreció su boca a Rogan. Los pechos le palpitaban de pasión, y él puso la palma de sus manos sobre ellos como para aquietarlos. Ella le había pasado los brazos por la espalda, y ahora lo apretaba contra sí.

Rogan pensó en Rosalie. Había decidido no volver a verla nunca más, no permitir que compartiera con él lo que sabía que iba a ser su destino: prisión o muerte. Si ahora le hacía el amor a esa chica, la decisión sería ya irrevocable. Pero, por encima de todo, la chica era crucial para entrar en la mansión de Bari. De hecho, estaba dentro; y con ella, que parecía impacientarse.

La chica tiró de él hacia la cama y empezó a despojarse de la ropa. Se había subido la falda más arriba de la cintura y Rogan pudo ver sus maravillosos muslos, sentir el contacto de aquella piel ardiente. A los pocos minutos, estaban enroscados como dos serpientes, revolcándose en la cama, apretando, empujando, desnudos y sudorosos y resbaladizos, hasta que finalmente rodaron al suelo de fría piedra. Abrazados como si de ello dependieran sus vidas, se quedaron un rato dormidos y, al despertar, bebieron vino de una jarra, volvieron al lecho, copularon de nuevo y, ya rendidos, se durmieron otra vez.

Cuando Rogan despertó a la mañana siguiente, tenía la peor jaqueca de su vida. Sentía como si todo su cuerpo estuviera lleno de granos de uva podridos. Gimió, y la chica desnuda que yacía a su lado lo arrulló compasiva y, de debajo de la cama, sacó la jarra —ahora medio vacía— que habían estado compartiendo durante la víspera.

—Es el único remedio —dijo.

Echó un trago y se la pasó a Rogan. Él se llevó la jarra a los labios y el afrutado vino le despejó la cabeza de inmediato. Besó los grandes pechos de la chica, que parecían despedir la fragancia de la uva; su cuerpo entero olía a vino, como si ella misma fuera la esencia de éste.

—Por cierto, ¿y tú quién eres? —preguntó Rogan, con una sonrisa en los labios.

—Soy la señora de Genco Bari —respondió ella—. Pero puedes llamarme Lucia. —Justo en ese momento llamaron a la puerta. Lucia le sonrió—: Y ahí llega mi marido, que viene a recompensarte.

Lucia se levantó para ir a abrir la puerta, momento que Rogan aprovechó para alcanzar la chaqueta que colgaba de una silla y sacar su pistola Walther. No le dio tiempo: la puerta ya estaba abierta y Genco Bari en persona se encontraba en medio de la habitación. Tras su frágil y cascada figura, acechaban dos campesinos sicilianos armados con sendas ametralladoras. Uno de ellos era Tullio, que ahora miraba a Rogan sin inmutarse.

Genco Bari se sentó al tocador de su esposa y dedicó a Rogan una amable sonrisa.

—No tema, no soy el típico marido siciliano celoso —dijo—. Sepa usted que ya no puedo cumplir con mis obligaciones conyugales. Pero, como he visto mucho más mundo que mis paisanos, permito que mi mujer satisfaga sus muy naturales necesidades. Eso sí, jamás con alguien de este pueblo, y siempre con total discreción. Me temo que anoche mi pobre Lucia se dejó llevar por el vino y la pasión. En fin, no pasa nada. Aquí tiene su recompensa, caballero. —Tiró una cartera llena de dinero sobre la cama. Rogan no hizo ademán de cogerlo—. Lucia —dijo Genco Bari a su mujer—, ¿se ha portado bien?

Ella sonrió, radiante, y mirando a Rogan dijo:

—Como un semental.

Bari se rio, o eso intentó. Como apenas tenía carne en la cara, todo quedó en una desmadejada mueca compuesta de huesos, piel y dientes.

—Tendrá que perdonar a mi esposa —se excusó con Rogan—. Las campesinas suelen ser muy explícitas y espontáneas. Por eso me casé con ella hace tres años, cuando supe que me estaba muriendo. Pensé que podría aferrarme a la vida gozando de su cuerpo, pero eso terminó pronto. Y luego, cuando vi que ella sufría por ese motivo, decidí romper con todas las tradiciones de esta tierra y le permití tener amantes. Pero bajo las condiciones que yo dicté, para que mi honor y el de mi familia permanecieran intactos. Quiero advertirle de una cosa: no se le ocurra comentar esto con nadie mientras esté en Sicilia, porque lo echaré a mis leones y nunca más podrá acostarse con una mujer.

—No quiero ese dinero —dijo Rogan, lacónico—, y no soy de los que se vanaglorian de sus conquistas.

Genco Bari lo miró fijamente.

—Hay algo en su cara que me resulta familiar —comentó—. Y habla usted italiano casi como un oriundo. ¿Hemos coincidido antes en alguna parte?

—Que yo sepa, no —dijo Rogan, mirando a Bari con compasión. Aquel hombre pesaba alrededor de treinta kilos, era piel y huesos.

Genco Bari habló para sí mismo, como reflexionando en voz alta:

—Usted anduvo preguntando por mí en Palermo. Luego ese agente americano, Bailey, lo puso sobre mi pista. Tullio —señaló con la cabeza hacia el guardaespaldas— me ha contado que usted quería saber dónde estaba mi casa y que le dijo que yo lo había invitado. Eso significa que nos conocemos de algo. —Se inclinó hacia Rogan—. ¿Acaso lo han enviado para asesinarme? —Mostró su sonrisa de fantasma y extendió los brazos—. Pues llega usted tarde. Me estoy muriendo. Ya no tiene sentido que me mate.

Rogan contestó sin alterarse:

—Cuando se acuerde de mí, le responderé a eso.

Bari se encogió de hombros.

—Bueno, pero hasta que no recuerde quién es usted, quiero que se quede en mi villa como invitado. Tómese unas pequeñas vacaciones; así podrá entretener a mi esposa y quizá le quede una horita al día para charlar conmigo tranquilamente. Siempre he sentido curiosidad por Estados Unidos. Tengo muchos amigos allí. Acepte usted mi invitación, no se arrepentirá.

Rogan asintió con la cabeza y luego estrechó la mano que aquel hombre le tendía. Una vez que Bari y los guardaespaldas salieron de la habitación, preguntó a Lucia:

—¿Cuánto tiempo de vida le queda a tu marido?

—¡Quién sabe! —dijo ella—. Tal vez un mes, una semana, una hora. Me da mucha pena, pero yo soy joven, tengo toda una vida por delante. Para mí, quizá sea mejor que muera pronto. Eso sí, lo sentiré mucho. Es un hombre muy bueno. Regaló tierras a mis padres, y ha prometido legarme todos sus bienes cuando fallezca. Yo podría haber pasado sin amantes, pero fue él quien insistió. Ahora, me alegro. —Fue a sentarse en el regazo de Rogan, dispuesta a repetir.

Rogan permaneció toda una semana alojado en la finca de Genco Bari. Tenía claro que no saldría con vida de allí después de haber matado a Bari. La mafia lo interceptaría sin problemas en cuanto llegara al aeropuerto de Palermo. Su única esperanza era matar a Bari de manera que su cadáver no fuese descubierto hasta un mínimo de seis horas después. Con ese margen, tendría tiempo de tomar un avión.

Dedicaba diariamente unas horas a hacer planes y a hablar con Bari. Resultó que el capo era un hombre simpático, educado y servicial. Casi se hicieron amigos. Y aunque salía a montar a caballo y de picnic erótico con Lucia, le entretenían más sus conversaciones con Bari. El apetito sexual de Lucia, como su fragancia a uva, era abrumador. Rogan suspiraba aliviado cuando llegaba la noche y se sentaba con Genco Bari a compartir una cena ligera y un vaso de grapa. Bari había cambiado por completo respecto a como era veinte años atrás. Trataba a Rogan casi como a un hijo y era una persona sumamente interesante, sobre todo cuando contaba cosas sobre la mafia siciliana.

—¿Sabe usted por qué en Sicilia no hay una sola tapia de piedra que mida más de medio metro? —le preguntó un día a Rogan—. El gobierno de Roma pensó que las tapias servían para que los sicilianos se tendieran emboscadas continuamente, de manera que limitó la altura de las mismas con la esperanza de que así se redujera el número de asesinatos en la isla. ¡Qué estupidez! Es imposible impedir que la gente se mate. ¿No le parece? —añadió, mirando fijamente a Rogan.

Éste se limitó a sonreír. No quería dejarse arrastrar a discusiones filosóficas sobre el asesinato.

Bari le contó cosas sobre los chanchullos de la mafia y sus eternas rencillas. Por ejemplo, que cada rama de la industria tenía su propia sección mafiosa pegada a ella como una insaciable sanguijuela; que había incluso una rama de la mafia dedicada a proteger, a cambio de dinero, a los jóvenes que iban a dar la serenata a sus damiselas bajo los balcones. Toda Sicilia era un nido de corrupción. Pero uno podía vivir tranquilo... siempre y cuando perteneciera a la mafia, claro.

Bari se hizo agricultor al poco tiempo de terminar la guerra, pues se negó a tener nada que ver con el tráfico de drogas, entonces emergente.

—En aquellos tiempos yo era malvado —explicó Genco Bari con una sonrisa de desaprobación—, un hombre violento. Pero nunca hice daño a una mujer, y jamás me dedicaría al narcotráfico. Eso es infame. Yo siempre he sido un hombre de honor. Incluso los asesinos y los ladrones tienen su honor.

Rogan sonrió cortésmente. Bari había olvidado el Palacio de Justicia muniqués, había olvidado los gritos de Christine registrados en el cilindro de cera marrón del fonógrafo. Había llegado el momento de recordárselo.

Hacia el final de la semana, Rogan ya tenía un plan concreto para matar a Bari y huir. Propuso al capo mafioso ir los dos de merienda campestre en el coche de Rogan. Llevarían una cesta con comida, vino y grapa, y se sentarían a la sombra de un árbol. La excursión resultaría beneficiosa para un hombre enfermo.

—Eso estaría bien —dijo Bari—. Es muy amable por su parte querer desperdiciar su tiempo con un moribundo como yo. Daré instrucciones de que lleven los víveres a su coche. ¿Le digo a Lucia que venga?

Rogan meneó la cabeza.

—Demasiado vivaracha. Además, los hombres no pueden hablar tranquilos cuando hay mujeres delante. Me gusta demasiado la compañía de usted como para arruinarla con el volátil carácter femenino.

Genco Bari se rio y quedaron de acuerdo; partirían temprano a la mañana siguiente y volverían al anochecer. Bari tenía varios asuntos pendientes en algunos pueblos y aprovecharía para resolverlos por el camino. Rogan se alegró interiormente de que los pueblos a que se refería estuvieran en la carretera que iba a Palermo.

Salieron temprano, Rogan al volante y Genco Bari sentado en el asiento de copiloto, la cara cadavérica protegida por el inevitable panamá color crema. Siguieron durante un par de horas la ruta de Palermo y luego Bari indicó a Rogan que ascendiera por una carretera secundaria hacia la parte montañosa. La calzada terminaba en una vereda estrecha y Rogan tuvo que parar.

—Traiga el vino y la comida —ordenó Bari—. Nos sentaremos bajo esas rocas.

Rogan llevó la cesta a donde Bari le esperaba ya a la sombra. Sobre un mantel a cuadros rojos y blancos extendido en el suelo, Rogan dispuso las fuentes con berenjena frita, salchicha fría y una crujiente barra de pan envuelta en una servilleta blanca. Para el vino, había unos vasos chatos y anchos, y Bari sirvió de la jarra. Cuando terminaron de comer, el capo ofreció a Rogan un puro, largo y estrecho.

—Tabaco siciliano; un poco raro, pero es el mejor del mundo —dijo. Le encendió el puro a Rogan con su mechero y luego, sin alterar en absoluto el tono de voz, preguntó—: ¿Se puede saber por qué va a matarme hoy?

Sorprendido, Rogan miró en derredor para ver si le habían tendido una trampa. Genco Bari meneó la cabeza.

—Descuide, no he tomado ninguna precaución. Mi vida ya no tiene valor para mí. Sin embargo, quiero satisfacer mi curiosidad. ¿Quién es usted y por qué desea matarme?

Rogan habló muy despacio:

—Hace días me dijo que nunca le había hecho daño a una mujer. Pero usted tomó parte en el asesinato de mi esposa. —Bari puso cara de perplejidad, y Rogan continuó—: El *Rosenmontag* de 1945, en el Palacio de Justicia de Múnich. Usted me ajustó el nudo de la corbata antes de que Eric Freisling me disparara un tiro en la nuca. Pero no me mataron. No, conseguí sobrevivir. Los hermanos Freisling están muertos; Moltke y Pfann, también. Cuando lo haya matado a usted, sólo quedarán Pajorski y Von Osteen. Y, una vez los haya matado a ellos, ya podré morir tranquilo.

Genco Bari dio unas caladas a su cigarro y se quedó mirando a Rogan hasta que habló:

—Sabía que tendría un motivo honroso para matarme. Salta a la vista que es usted un hombre honorable. Me lo he imaginado toda la semana planeando cómo matarme y poder escapar en avión desde Palermo. Por eso decidí colaborar. Abandone aquí mi cadáver y váyase. Antes de que nadie sepa nada, usted ya estará a salvo en Roma. Pero le sugiero que salga de Italia lo antes posible. Los tentáculos de la mafia son muy largos...

—Si no me hubiera ajustado usted la corbata, si no me hubiera distraído para que Eric pudiera situarse detrás de mí, quizá le perdonaría la vida —dijo Rogan.

El rostro demacrado de Bari registró cierta sorpresa.

—Yo no pretendía engañarlo —dijo, con una sonrisa triste—. Pensé que usted ya sabía que iba a morir. Quería que sintiera un contacto humano, algo que lo reconfortara en esos últimos momentos, pero sin delatarme delante de mis camaradas. Que quede claro que no me estoy excusando de lo hecho, pero déjeme insistir en una cosa: yo no tuve nada que ver con la muerte de su esposa ni con sus gritos.

El sol siciliano estaba ahora en lo más alto del cielo y la roca que había sobre ellos ya no daba sombra. Rogan notó una sensación de náusea en el estómago.

—¿Fue Von Osteen quien la mató? Dígame quién fue el que la torturó y le juro por la memoria y el alma de mi mujer que lo dejaré en paz.

Genco Bari se puso de pie. Por primera vez desde que se conocían, su tono fue desabrido.

—¿No se da cuenta de que quiero que me mate, estúpido? —dijo—. Usted es mi libertador, no mi verdugo. Cada día padezco dolores que ningún medicamento puede aliviar del todo. El cáncer se ha extendido por todo mi cuerpo, pero no consigue matarme. Del mismo modo que nosotros no conseguimos acabar con usted en el Palacio de Justicia de Múnich. Puede que aún me queden años de sufrimiento, maldiciendo a Dios. Desde el primer día supe que quería usted matarme, y lo ayudé en cuanto pude para brindarle la oportunidad de hacerlo. —Sonrió a Rogan—. Le sonará a chiste macabro, pero sólo le diré la verdad acerca de su mujer si promete acabar conmigo.

—¿Y por qué no se quita usted la vida? —le espetó Rogan.

Le sorprendió que Genco Bari inclinara la cabeza y la levantara de nuevo, mirándolo de hito en hito. Casi con vergüenza, el italiano dijo en voz baja:

—Sería un pecado mortal. Yo creo en Dios.

Se hizo un largo silencio. Los dos estaban de pie.

—Dígame si fue Von Osteen quien mató a mi mujer, y prometo hacerle el favor que me pide —dijo finalmente Rogan.

—El jefe del equipo —empezó Bari despacio—, Klaus von Osteen, fue quien ordenó grabar los gritos para torturarlo a usted después con ellos. Era un hombre extraño, terrible; nadie a quien yo haya podido conocer habría pensado en hacer una cosa así. Porque aquello no estuvo planeado, ¿entiende? Fue una cosa accidental. Quiero decir que a Von Osteen se le tuvo que ocurrir lo del gramófono sobre la marcha, en el mismo momento, mientras la chica ya agonizaba.

—Entonces, ¿quién la torturó? —dijo Rogan bruscamente—. ¿Quién fue el que la mató?

Genco Bari lo miró a los ojos.

—Usted —dijo, muy serio.

Rogan notó que la sangre se le agolpaba en su cabeza, un dolor familiar en el cráneo, alrededor de la placa de plata.

—¡Maldito cabrón! —exclamó—. Me has engañado. No piensas decirme quién fue. —Sacó la Walther del bolsillo de la chaqueta y apuntó al abdomen de Bari—. Dime quién mató a mi mujer.

Genco Bari miró una vez más a Rogan a los ojos y luego, muy serio, dijo:

—Tú la mataste. Tu mujer murió pariendo un bebé sin vida. Ninguno de nosotros le hizo el menor daño. Estábamos convencidos de que ella no sabía nada, pero Von Osteen grabó sus gritos para asustarte.

—Mientes —dijo Rogan. Sin pensarlo dos veces, apretó el gatillo.

El estampido resonó en las rocas, al tiempo que la frágil figura de Genco Bari caía al suelo como a un metro y medio de donde antes se encontraba. Rogan se acercó al moribundo y le apoyó el cañón del arma en la oreja.

Bari abrió los ojos, asintió con gesto agradecido y dijo en un susurro:

—No te culpes de nada. Sus gritos eran espantosos porque todo dolor, toda muerte, es terrible por igual. También tú debes volver a morir, y no va a ser menos terrible. —De su boca salía un hilo de saliva sanguinolenta—. Perdóname como yo te he perdonado.

Rogan lo tomó en brazos sin disparar otra vez, esperando sólo a que expirara. Fueron apenas unos minutos, quedaba tiempo de sobra para tomar el avión en Palermo. Pero, antes de partir, sacó una manta del coche y cubrió con ella el cadáver de Genco Bari. Confió en que pronto lo encontrarían.

13

Rogan se desplazó en avión de Roma a Budapest. Arthur Bailey había mantenido su promesa y los visados estaban allí esperándolo. Rogan cogió una botella de whisky y se emborrachó durante el vuelo. No lograba olvidar lo que Genco Bari le había dicho: que Christine había muerto al dar a luz; que él, Rogan, había sido el responsable de su muerte. Pero ¿acaso una muerte tan común en las mujeres desde que el mundo era mundo podía ser la causa de los horribles gritos que él había oído en el gramófono del Palacio de Justicia de Múnich? Y aquel cerdo de Von Osteen grabándolos: sólo un genio del mal podía improvisar algo tan perverso. Rogan dejó momentáneamente a un lado sus sentimientos de culpa mientras pensaba en matar a Von Osteen y el placer que eso le daría. Barajó la idea de postergar la ejecución de Pajerski, pero ya volaba rumbo a Hungría y Bailey lo había organizado todo en Budapest. Sonrió lúgubremente: él sabía algo que Arthur Bailey no.

Bastante borracho ya al aterrizar, Rogan se dirigió directamente al consulado de Estados Unidos y preguntó por el intérprete, según las instrucciones de Arthur Bailey.

Un hombre menudo y nervioso que lucía un bigotito lo condujo al interior del edificio.

—Yo soy el intérprete —dijo—. ¿Quién le envía?

—Un amigo común. Se llama Arthur Bailey.

El hombrecillo se metió en otra sala y, al cabo de un rato, volvió y dijo con voz asustada y tímida:

—Haga el favor de seguirme. Lo llevaré a ver a alguien que quizá pueda ayudarle.

Entraron a una habitación donde los esperaba un hombre corpulento de pelo ralo que se presentó como Stefan Vrostk.

—Yo soy quien lo ayudará en su misión —dijo, tras estrechar vigorosamente la mano de Rogan—. Nuestro amigo Bailey me ha pedido que dedique a ello mi atención personal.

Despidió con un gesto al intérprete y, una vez a solas, empezó a hablar de manera arrogante.

—Estoy al corriente de su caso. He sido bien informado sobre lo que ha hecho y acerca de sus planes futuros. —Hablaba dándose mucha importancia; sin duda, era un individuo de una desbordante presunción.

Rogan se limitó a escuchar. Vrostk continuó:

—Debe entender que, detrás del Telón de Acero, las cosas son muy diferentes. No espere actuar con la misma impunidad que al otro lado. Su historial como agente en la Segunda Guerra Mundial evidencia que es usted proclive al descuido. Su red fue desarticulada porque no tomó las debidas precauciones al utilizar la radio clandestina. ¿Es eso cierto? —Miró a Rogan, esbozando una sonrisa paternalista, y éste ni se inmutó.

Vrostk empezaba a ponerse un poco nervioso, aunque eso no afectó ni un ápice a su arrogancia.

—Le explicaré dónde trabaja Pajerski, sus costumbres, cómo está protegido. La ejecución propiamente dicha será cosa suya. Después, yo lo organizaré para que salga clandestinamente del país. Pero quiero dejarle clara una cosa: no debe usted hacer nada sin consultármelo primero. Debe contar con mi aprobación. Y tendrá que aceptar mi plan sin rechistar para sacarlo del país una vez haya terminado su misión. ¿Entendido?

Rogan notaba que la ira se le iba concentrando en la cabeza.

—Sí, claro —dijo—. Lo he entendido todo a la perfección. Usted trabaja para Bailey, ¿no?

—Así es —dijo Vrostk.

—Muy bien. Entonces seguiré sus instrucciones. Le diré todo lo que piense hacer antes de hacerlo. —Se rio—. Bueno, y ahora dígame dónde puedo encontrar a ese Pajerski.

Vrostk le sonrió como un padre a su hijo.

—Antes de nada, tiene usted que hospedarse en un hotel, echar un buen sueñecito, y por la noche cenaremos juntos en el Café Black Violin. Verá usted a Pajerski. Cena allí todos los días, juega al ajedrez, se reúne con sus amigos. En otras palabras, es su local favorito.

En el pequeño y recoleto hotel que Vrostk le había buscado, Rogan se puso a hacer sus propios planes, proceso durante el cual pensó en Wenta Pajerski y en todo lo que el huesudo oficial húngaro le había hecho allá en el Palacio de Justicia de Múnich.

Tenía la cara grande, colorada, con más verrugas que un jabalí, y sin embargo Pajerski sólo se había mostrado cruel en ocasiones contadas, llegando incluso a ser amable con él. Alguna vez, había detenido el interrogatorio para darle a beber un vaso de agua, ofrecerle un cigarrillo, ponerle en la mano unas láminas mentoladas. Y aunque Rogan sabía perfectamente que Pajerski hacía el papel del clásico «poli bueno» que consigue hacer hablar al preso cuando falla todo lo demás, ni siquiera ahora pudo evitar sentir la oleada de gratitud que su acto de bondad inspiraba.

Motivos aparte, aquellas láminas mentoladas eran reales, los trocitos de chocolate le habían ayudado a dejar de sufrir. El agua y el tabaco eran regalos del cielo. Eran cosas vivas, cosas que habían penetrado en su cuerpo. Así que ¿por qué no dejar vivo a Pajerski? Recordó a aquel hombre fornido y lleno de vitalidad y cuánto gozaba con las buenas cosas materiales de la vida; el placer físico que le proporcionaban la comida, la bebida, e incluso las torturas que exigía el interrogatorio. Pero Pajerski se había reído, había disfrutado al ver cómo Eric Freisling se situaba sigilosamente detrás de Rogan para disparar el tiro de gracia.

Rogan recordó otro detalle. La tarde del primer interrogatorio en el Palacio de Justicia, habían puesto la grabación de los gritos de Christine desde la sala contigua, y él se había retorcido de angustia. Entonces Pajerski había ido hacia la puerta, diciendo a Rogan en tono bromista: «Tranquilo; haré que tu chica grite de placer, no de dolor.»

Al rememorar todo aquello, Rogan comprendió que los siete hombres habían representado muy bien su papel. Habían conseguido engañarlo de principio a fin. Sólo cometieron un error: no lo habían matado. Ahora le tocaba el turno a él; el turno de materializarse en un espectro portador de tortura y de muerte. Ahora le tocaba a él saberlo todo, verlo todo; y a ellos, adivinar y temer lo que pasaría a continuación.

14

Esa tarde Rogan fue con Stefan Vrostk al Black Violin, que resultó ser exactamente lo que él había imaginado como el local favorito de Wenta Pajerski. La comida era buena, y las raciones, más que generosas; las copas, fuertes y baratas; las camareras, guapas y pechugonas, alegres, descocadas y con un amplio repertorio de posturas para poner sus nalgas al alcance del pellizco masculino. La música de acordeón hacía bailar, y el ambiente estaba cargado de humo acre de tabaco.

Wenta Pajerski entró a las siete en punto. No había cambiado nada, del mismo modo que los animales no parecen más viejos desde que llegan a la madurez hasta que alcanzan una edad extrema. Porque Wenta Pajerski era un animal. Pellizcó tan fuerte a la primera camarera que se puso a tiro, que la chica soltó un gritito de dolor. Luego se bebió un tanque de cerveza de un trago, sin detenerse a tomar aliento, antes de sentarse a una mesa redonda reservada para él. Al poco rato, ya estaba rodeado de sus compinches. Rieron y contaron chistes y bebieron coñac directamente de la botella. Entretanto, una camarera rubia llevó a la mesa un pequeño cofre rectangular de madera tallada. Pajerski procedió a sacar las piezas de ajedrez. Una vez abierto, el cofre se convertía en un tablero de ajedrez. Pajerski se apropió de las blancas —para así mover primero—, obviando la tradicional elección a mano cerrada. Era una muestra del carácter del gigantesco húngaro. No había cambiado.

Rogan y Vrostk observaron la mesa de Pajerski durante toda la velada. Hasta las nueve, Pajerski jugó partidas de ajedrez y bebió sin parar. A la hora en punto, la camarera rubia retiró el tablero con las piezas y le llevó la cena.

Viéndolo comer con aquel apetito animal, Rogan casi sintió tener que matar a Pajerski. Sería como matar a un animal irracional, despreocupado. El húngaro se llevó el plato de sopa a los labios para apurar lo que quedaba. Utilizó una cuchara, y no un tenedor, para transportar a su cavernosa boca ingentes montañas de arroz con salsa. Bebió vino de la botella, aparentemente con una sed perentoria, y la oleada de eructos que siguió pudo oírse en toda la sala.

Cuando hubo terminado de cenar, Pajerski pagó la cuenta de todos, pellizcó el trasero de la camarera y le deslizó una generosa propina en billetes por el escote del vestido, de modo que pudiera tocarle los pechos. Todo el mundo puso buena cara; una de dos: o le tenían mucho cariño o le tenían mucho miedo. Pajerski salió en compañía de su séquito masculino a las calles oscuras, todos del brazo y hablando en voz alta. Al pasar frente a una cafetería de donde salía música, Pajerski ejecutó unos pasos de baile a lo oso de feria.

Rogan y Vrostk siguieron al grupo hasta verlos meterse en un edificio de barroca fachada. Luego Vrostk paró un taxi y fueron al consulado.

—Aquí podrá informarse sobre lo que hace Pajerski el

resto de la noche —dijo Vrostk, pasándole el dossier del húngaro—. No tendremos que seguirlo a ninguna parte. Cada noche hace lo mismo.

Era un dossier breve pero instructivo. Wenta Pajerski era el segundo de a bordo de la policía secreta de Budapest. Trabajaba todo el día en las oficinas del ayuntamiento, donde además tenía su vivienda. Tanto la oficina como la vivienda estaban fuertemente vigiladas por destacamentos especiales de la secreta. Pajerski salía siempre del edificio a las seis y media de la tarde, rodeado de policías de paisano. Entre los hombres que lo acompañaban por la calle había al menos dos guardaespaldas.

Wenta Pajerski era el único de los siete torturadores que había conservado el mismo tipo de trabajo. Ciudadanos corrientes sospechosos de actividades contrarias al régimen comunista entraban en la oficina de Pajerski y ya nadie los volvía a ver. Era considerado el responsable del secuestro de unos científicos de Alemania Federal. Pajerski estaba entre los primeros puestos de la lista de criminales de la guerra fría confeccionada por Occidente. Al leer aquello, Rogan sonrió. Ahora entendía el interés de Bailey y por qué Vrostk quería a toda costa que le solicitara el visto bueno antes de dar ningún paso. La muerte de Pajerski iba a tener una enorme repercusión en Budapest.

El dossier describía asimismo el recargado edificio donde Pajerski y sus amigos habían entrado por la noche. Era el burdel más caro y selecto, no ya de Budapest sino de todo el Telón de Acero. Tras acariciar a las chicas del salón, Pajerski nunca subía a solazarse con menos de dos. Al cabo de una hora, salía otra vez a la calle dando caladas a un gigantesco habano y más contento que un oso a punto de hibernar. Pero tanto dentro como fuera del edificio, los guardaespaldas no le quitaban el ojo de encima, se entiende que sin interferir en sus placeres: en esa franja no era vulnerable.

Rogan cerró el dossier y preguntó a Vrostk:

—¿Cuánto tiempo hace que intentan ustedes acabar con él?

—¿Qué le hace pensar eso? —replicó Vrostk con una mueca.

—Todo este dossier —precisó Rogan—. Hace unas horas, me venía usted con el cuento de que es el gran jefe de esta operación porque, según parece, es mucho mejor agente que yo. Y yo me lo he tragado. Pero usted no es mi jefe, que quede claro. Le diré lo que quiera saber y contaré con usted para salir del país una vez haya matado a Pajerski, pero eso es todo. ¡Ah! —añadió—, y le daré un buen consejo: conmigo no intente ningún truco, nada de típicas argucias del Servicio de Inteligencia, porque lo mataría sin pestañear como pienso hacer con Pajerski. Y, además, con gusto, porque al menos él me cae bien —terminó Rogan con una sonrisa fría y brutal.

Stefan Vrostk parecía un tanto alterado.

—Oiga, yo antes no pretendía insultarlo. Lo que he dicho lo he dicho con la mejor intención.

—No he recorrido tantos kilómetros para que me traten como a una marioneta. Les sacaré las castañas del fuego, haré el trabajito por ustedes y mataré a Pajerski. Pero ojo con intentar pegármela otra vez.

Se levantó y salió de la habitación. Vrostk lo siguió y lo acompañó hasta la salida. Una vez en la puerta, le tendió la mano. Rogan hizo caso omiso y abandonó el consulado.

No sabía cómo justificar la dureza con que había tratado a Vrostk. Quizá fue la sensación de que sólo el azar había impedido que, en su momento, Vrostk fuera uno de los siete hombres del Palacio de Justicia de Múnich. Pero además desconfiaba de él, incluso ahora. Cualquiera que actuase de manera tan imperiosa en asuntos secundarios tenía que ser débil.

Puesto que no se fiaba de nadie, Rogan cotejó los datos del dossier con su observación personal. Frecuentó durante casi una semana el Café Black Violin y memorizó todos los movimientos de Pajerski. El dossier era correcto en todos los detalles, pero Rogan advirtió algo que no constaba en el informe. Al igual que muchos gigantes cordiales, Pajerski siempre buscaba sacar partido de las situaciones. Por ejemplo, cuando jugaba al ajedrez siempre se quedaba con las blancas. Tenía el tic de rascarse el mentón con la corona de su rey. Y Rogan se percató también de que, aunque el juego de ajedrez era propiedad del local, ningún otro cliente podía disfrutar de él mientras Pajerski lo estuviera utilizando.

El húngaro solía pasarse por delante de una cafetería cuya música parecía agradarle, y siempre que escuchaba la música hacía su numerito de baile en la calle. Eso lo distanciaba una treintena de metros de sus esbirros, hasta la esquina de una calle que luego doblaba. Durante cosa de un minuto, quedaba fuera de la vista de sus hombres, a solas y vulnerable. Vrostk no era tan buen agente, pensó Rogan, puesto que había sido incapaz de registrar en el dossier ese minuto de vulnerabilidad. A no ser, por supuesto, que lo hubieran omitido expresamente.

Rogan continuó con sus comprobaciones. El burdel parecía un buen sitio para pillar desprevenido a Pajerski, pero descubrió que los dos hombres de la secreta siempre montaban guardia frente a la alcoba mientras su jefe retozaba a placer.

Sin duda, el problema era de difícil solución. No había

manera de acceder a la oficina ni a la vivienda de Pajerski. Sólo por la noche se convertía en alguien más o menos vulnerable. Durante ese minuto en que ejecutaba sus osunos pases de baile, se le podía matar. Pero un minuto no bastaría para escapar a sus guardaespaldas. Rogan repasó mentalmente todos y cada uno de los movimientos de Pajerski, buscando una brecha en el blindaje del húngaro. La sexta noche se acostó sin haber resuelto todavía el problema. Lo que complicaba aún más las cosas era que, antes de morir, Pajerski tenía que saber por qué lo mataban. Esto era esencial para Rogan.

Se despertó de madrugada. Acababa de soñar que jugaba al ajedrez con Wenta Pajerski y que éste no paraba de decirle: «Estúpido americano, tenías jaque mate en tres jugadas.» Y Rogan, en el sueño, miraba y miraba el tablero sin dar con la solución, cautivado por la pieza del rey blanco tallada en madera. Sonriendo aviesamente, Pajerski cogía el rey blanco y se rascaba el mentón con la corona de la pieza. Rogan se incorporó: el sueño le había dado la respuesta que buscaba. Ya sabía cómo matar a Pajerski.

Al día siguiente, fue al consulado y preguntó por Vrostk. Cuando reveló al agente las herramientas y demás material que iba a necesitar, Vrostk lo miró desconcertado; pero Rogan no quiso dar ninguna explicación. Vrostk le dijo que, hasta la noche, no podría reunir todo el equipo.

—Está bien —dijo Rogan—. Vendré a recogerlo mañana por la mañana. Y por la noche su amigo Pajerski ya habrá muerto.

15

En Múnich, todos los días eran iguales para Rosalie. Se había instalado en la pensión dispuesta a esperar a Rogan el tiempo que hiciera falta. Comprobó los horarios en el aeropuerto y vio que había un vuelo diario desde Budapest, con llegada prevista a las diez de la noche. A partir de ahí, acudió todas las noches para ver si Rogan llegaba entre los pasajeros. Presentía que él no iba a querer involucrarla en el asesinato de Von Osteen. Pero Rogan era el único hombre, el único ser humano que le importaba, y Rosalie siguió yendo cada noche al aeropuerto. Rezaba para que no lo hubieran matado en Sicilia; y, con el paso del tiempo, rezó también para que no hubiera muerto en Budapest. De un modo u otro, estaba dispuesta a hacer su peregrinación nocturna hasta el fin del mundo.

Durante la segunda semana salió de compras por el centro de Múnich. En la plaza principal estaba ubicado el Palacio de Justicia, milagrosamente intacto a lo largo de la guerra y ahora sede de los juzgados de lo penal. Casi a diario, los jefes y sus subordinados de los campos de concentración nazis eran procesados allí por sus crímenes de guerra.

Obedeciendo a un impulso, Rosalie entró en el imponente edificio y se acercó al tablón de anuncios que había en una pared del fresco y oscuro vestíbulo para ver si Von Osteen tenía sesión ese día. No era así. Pero entonces reparó en un pequeño aviso. Los juzgados municipales necesitaban auxiliares de enfermería para la sala de urgencias.

Dejándose llevar otra vez por el instinto, Rosalie solicitó el puesto. Lo que había aprendido en el manicomio bastaba para cubrir lo básico del trabajo, y fue admitida de inmediato. En todas las ciudades alemanas había en ese momento gran demanda de personal médico.

La sala de urgencias del hospital de los juzgados estaba en el sótano del edificio. Tenía su propia entrada particular: una puerta pequeña que daba al enorme patio cubierto. Con un estremecimiento, Rosalie recordó que, en aquel mismo patio, un Rogan malherido había sido arrojado a una pila de cadáveres.

Se percibía un gran ajetreo en la sala de urgencias. Esposas de criminales sentenciados a largas condenas de prisión que se desmayaban al conocer la sentencia, estafadores entrados en años que sufrían infartos durante el proceso. El trabajo de Rosalie era más de tipo administrativo que sanitario. Tenía que tomar nota de cada uno de los ingresos en un enorme libro azul. El joven doctor que estaba de servicio no tardó en percatarse de su belleza y la invitó a cenar. Ella rechazó la invitación con una sonrisa educada. Varios de los elegantes abogados que acompañaban a sus clientes enfermos a la sala le preguntaron si estaría interesada en trabajar para ellos. Rosalie les sonreía, respondiendo que no con cortesía.

En todo el Palacio de Justicia, Klaus von Osteen era el único hombre que le interesaba. Cuando él presidía un juicio, Rosalie procuraba asistir sin importarle que tuviera que saltarse la hora del almuerzo y comer mucho más tarde.

Von Osteen no era como ella se lo había imaginado. Moderadamente feo, su voz sonaba agradable y melosa. Trataba a los acusados con la máxima cortesía y un deje de genuina compasión. Rosalie oyó cómo condenaba a un hombre culpable de un crimen especialmente violento y sádico sin deleitarse en la habitual rectitud del magistrado que imparte justicia. Von Osteen lo había hecho de forma que el reo no perdiera su dignidad.

Un día lo sorprendió a unos metros de ella en una calle cercana a los juzgados, y lo siguió mientras Von Osteen arrastraba su cojera. Tenía una pierna más corta que la otra. Iba acompañado de un agente que parecía vigilarlo de cerca. Pero era Von Osteen el que parecía preocupado. Pese a ello, se mostraba extremadamente cortés con las personas que lo saludaban por la calle, así como con el chófer de su coche oficial.

Rosalie se percató del gran magnetismo de Von Osteen. El respeto que le mostraban los otros jueces, los empleados del edificio y los abogados daba fe de su tremenda personalidad. Y cuando una mujer cargada de paquetes tropezó casualmente con él en la calle, Von Osteen la ayudó a recogerlos, aunque haciendo una mueca de dolor. Había sido un gesto de auténtica cortesía. Costaba creer que ése fuera el hombre a quien Rogan tanto odiaba.

Rosalie averiguó cuanto pudo sobre Von Osteen a fin de tener la información a punto para cuando Rogan regresara. Así, descubrió que la mujer del magistrado, además de aristócrata, era todo un referente en la vida social muniquesa. Ella era mucho más joven que Von Osteen. No tenían hijos. También supo que Von Osteen poseía mayor poder de decisión en la política municipal que el mismísimo burgomaestre. Y contaba con el respaldo de los funcionarios del Departamento de Estado norteamericano, quienes lo tenían por un verdadero demócrata, antinazi y anticomunista por igual.

No obstante, a Rosalie le bastaba saber que Rogan odiaba a aquel hombre para que las supuestas virtudes de Von Osteen perdieran todo su valor. En una libreta, fue anotando las costumbres de Von Osteen con objeto de facilitarle a Rogan su tarea.

Y cada noche, a las diez, iba a esperar la llegada del vuelo procedente de Budapest, convencida de que Rogan regresaría.

16

El último día de su estancia en Budapest, Rogan se levantó y lo primero que hizo fue destruir los dossiers que había recopilado sobre el séptimo hombre. Luego revisó sus pertenencias para ver si había algo que quisiera conservar. Nada, salvo el pasaporte.

Hizo el equipaje y se dirigió a la estación de ferrocarril. Una vez allí, dejó las bolsas en una consigna automática y abandonó la estación. Mientras atravesaba uno de los muchos puentes de la ciudad, dejó caer la llave de la consigna al río. Después se dirigió al consulado.

Vrostk había reunido todo lo necesario y Rogan revisó las cosas una por una: el taladro de mano y otras pequeñas herramientas de joyería, los cables finos, el temporizador, el explosivo líquido y varios componentes electrónicos de diminuto tamaño. Rogan sonrió y exclamó:

—¡Estupendo!

Vrostk se vanaglorió de ello:

—Tengo una organización sumamente competente. No ha sido fácil conseguir todas estas cosas en tan poco tiempo.

—Para demostrarle mi agradecimiento —dijo Rogan—, le invito a un almuerzo en el Café Black Violin. Luego volveremos aquí y yo me iré a trabajar con todo esto. ¡Ah!, y le diré lo que pienso hacer.

Una vez en el bar, pidieron café y brioches. Luego, para evidente sorpresa de Vrostk, Rogan pidió el juego de ajedrez. La camarera se lo llevó a la mesa y Rogan dispuso las piezas, quedándose él con las blancas.

—No tengo tiempo para tonterías —dijo Vrostk, muy molesto—. El deber me espera en la oficina.

—Juegue —dijo Rogan, y hubo algo en su voz que hizo callar de golpe a Vrostk.

Éste esperó a que Rogan hiciera el primer movimiento y luego adelantó un peón negro. La partida duró poco. Vrostk ganó fácilmente a Rogan, y las piezas fueron devueltas al cofre para que la camarera se las llevara. Rogan, le dio una generosa propina. Salieron de allí, y él mismo paró un taxi para que los llevara al consulado. Ahora tenía prisa, cada momento era valioso.

Una vez en la oficina, Rogan se sentó a la mesa donde se encontraba todo el material que había pedido.

Vrostk estaba que trinaba, presa de la ira a flor de piel de un hombre de miras estrechas.

—¿A qué viene toda esta pantomima? —preguntó—. Exijo una explicación.

Rogan metió la mano derecha en el bolsillo correspondiente de la chaqueta y la sacó con el puño cerrado. Estiró el brazo hacia Vrostk y luego abrió la mano. En la palma tenía el rey blanco.

Rogan estuvo trabajando en la mesa durante casi tres horas. Practicó un pequeño agujero en la base del rey y luego extrajo toda la base. Con extremo cuidado, vació el interior de la pieza y lo rellenó de explosivo líquido, con los cables correspondientes y los diminutos componentes electrónicos. Terminado esto, colocó de nuevo la base y procedió a ocultar todas las rayadas con esmalte y un paño de pulir. Sopesó la pieza en la palma de su mano para ver si se notaba demasiado el peso extra. Notó una pequeña diferencia, pero dedujo que era así porque él esperaba encontrarla. El «trabajo» pasaría inadvertido.

—Esta noche, a las ocho en punto —dijo a Vrostk—, el artefacto explotará en las narices de Pajerski. Lo he arreglado para que nadie más resulte herido. Lleva el explosivo justo para cargarse a quien tenga la pieza en la mano. Y Pajerski siempre se rasca la barbilla con el rey blanco. Eso y el mecanismo de relojería harán detonar el explosivo. Si veo que otra persona coge la pieza, desactivaré la bomba. De todos modos, he observado bien a Pajerski y sé que será él quien tenga la pieza en la mano a esa hora en concreto. Bien, Vrostk, que sus clandestinos me recojan en la esquina dos manzanas más allá del Black Violin. Cuento con su organización para salir del país.

—¿Piensa quedarse en la cafetería hasta que Pajerski muera? —preguntó Vrostk—. ¡Eso es de locos! ¿Por qué no se larga antes?

—Quiero asegurarme de que no muere nadie más —dijo Rogan—. Y también quiero que Pajerski sepa quién lo mata y por qué, y eso no puedo hacerlo si me marcho de allí.

Vrostk se encogió de hombros.

—Allá usted. Y eso de que mi gente lo recoja a dos manzanas del local me parece demasiado peligroso para ellos. Habrá una limusina negra Mercedes esperándolo aquí abajo, en la puerta del consulado, con bandera del cuerpo diplomático. ¿A qué hora quiere que pasen a recogerlo?

Rogan puso mala cara.

—Puede que rectifique el temporizador, o incluso puede que explote antes de hora si Pajerski se rasca demasiado la barbilla. Es mejor que el coche esté ya preparado a las siete y media; dígales que me esperen sobre las ocho y diez. Iré a pie y me subiré al coche, sin más. Supongo que ellos me conocen de vista, ya se habrá encargado usted de eso...

Vrostk sonrió.

—Desde luego. Bien, supongo que ahora toca ir a comer al Black Violin y echar una partida de ajedrez para que pueda devolver a su sitio ese rey blanco.

—¡Caramba! —dijo Rogan—. Cada día es usted más listo.

Jugaron la segunda partida mientras tomaban café después de la comida, y esta vez Rogan ganó con facilidad. Al salir del local, el rey-bomba blanco volvía a descansar en el cofre con el resto de las piezas.

Aquella tarde, Rogan salió de su pequeño hotel a las seis en punto con la Walther bajo el brazo enfundada en su sobaquera. En el bolsillo izquierdo de la chaqueta llevaba el silenciador. Fue caminando tranquilamente hasta el Black Violin y se sentó como otras veces a una mesa del rincón. Abrió un periódico, pidió una botella de Tokay y dijo a la camarera que más tarde pediría la cena.

Llevaba media botella, cuando Wenta Pajerski irrumpió ruidosamente en la cafetería. Rogan consultó la hora. El gigante húngaro no fallaba: las siete en punto. Pajerski pellizcó a la camarera rubia, habló a grito pelado con los amigos que ya lo esperaban, tomó una primera copa. Era el momento de pedir el juego de ajedrez; pero no lo hizo, sino que pidió otra copa. Rogan se puso tenso. ¿Iba a ser ésa la primera vez que Wenta Pajerski se saltara la partida habitual? Parecía que se le hubiera pasado por alto. Pero entonces, sin venir a cuento, la camarera llevó el juego a la mesa de Pajerski y aguardó ansiosa el pellizco que la recompensaría por ser tan precavida.

Por un momento, Rogan pensó que el húngaro iba a decir que no; pero, finalmente, aquella verrugosa cara de cerdo se quebró en un despliegue de carnosa jovialidad. Tan fuerte fue el pellizco que propinó a la rubia, que a la chica se le escapó un chillido de dolor.

Rogan llamó a la camarera y pidió lápiz y papel. Miró el reloj. Eran las siete y media. En el basto papel de libreta escribió estas palabras: «Haré que tus gritos de placer se conviertan en gritos de dolor. *Rosenmontag*, 1945, Palacio de Justicia de Múnich.»

Esperó hasta las 19.55 y luego llamó a la camarera y le pasó la nota, diciendo:

—Lleve esta nota al señor Pajerski, vuelva aquí enseguida y le daré esto otro. —Mostró un billete de banco que valía más de lo que la chica ganaba en una semana; no quería que estuviese cerca de Pajerski cuando el rey blanco explotara.

Pajerski se rascaba la barbilla con la pieza en cuestión cuando la chica le entregó el papel. Leyó la nota despacio, traduciendo audiblemente del inglés, moviendo los labios. Luego sus ojos giraron hacia Rogan. Éste le devolvió la mirada, sin apenas sonreír. Su reloj marcaba las 19.59. Y cuando él empezó a verse reflejado en los ojos de Pajerski, el rey blanco estalló.

La explosión fue ensordecedora. Pajerski tenía la pieza en la mano derecha, bajo el mentón, y mirando a Rogan directamente a los ojos. En un instante, aquellos ojos desaparecieron con la deflagración y Rogan sólo vio dos cuencas vacías y sanguinolentas, al tiempo que fragmentos de carne y hueso salían despedidos en todas direcciones. La cabeza de Pajerski, su carne hecha trizas, se derrumbó sobre los pliegues de piel que todavía sujetaban el cuello al tronco.

Rogan se levantó rápidamente y salió del local por la puerta de la cocina. En medio del griterío y los empujones, nadie reparó en él.

Caminó una manzana hasta la calle principal y paró un taxi.

—Al aeropuerto —dijo al conductor, y luego, para asegurarse, agregó—: Vaya por la calle del consulado americano.

Se oían ya las sirenas de los coches de policía camino del Café Black Violin. Pocos minutos después, el taxi enfilaba la avenida del consulado.

—No corra demasiado —dijo al taxista, reclinándose en el asiento para no ser visible desde el exterior.

La limusina Mercedes brillaba por su ausencia; es más: no había un solo vehículo en la calle, lo cual de por sí resultaba insólito. En cambio, sí que había una profusión de viandantes, o bien esperando cruzar en las esquinas o bien mirando escaparates. Y la gran mayoría eran hombres, por lo demás fornidos. Sólo les faltaba llevar escrito en la frente «Policía Secreta», pensó Rogan.

—Acelere —ordenó al taxista.

Justo entonces notó en el pecho una sensación de frío físico, como si su cuerpo hubiera sido tocado por la muerte. Notó que el frío se le extendía por las extremidades. Pero él no tiritaba ni sentía la menor molestia física; simplemente, era como si su cuerpo se hubiera convertido en receptor de la muerte, en su anfitrión.

No tuvo problemas para embarcar. El visado estaba en orden y no advirtió señales de una desacostumbrada actividad policial. El corazón le latía muy deprisa cuando subió a bordo del aparato, aunque tampoco se produjo la menor complicación. El avión despegó, remontó el vuelo y recuperó la horizontal rumbo a la frontera alemana y a Múnich.

Aquella tarde Rosalie terminó su trabajo de auxiliar en el hospital del Palacio de Justicia muniqués a las seis en punto. El joven doctor insistió en que cenaran juntos, y ella, temerosa de perder su empleo, aceptó. El médico hizo lo posible por alargar la cena pidiendo una larga lista de platos. Cuando terminaron, eran ya las nueve de la noche. Rosalie miró la hora y dijo, mientras empezaba a recoger su abrigo y sus guantes:

—Lo siento, pero debo marcharme. Tengo un compromiso importante a las diez.

El médico se quedó con un palmo de narices. A Rosalie no se le ocurrió ni por un momento que pudiera saltarse su cita con el vuelo de Budapest y hacer compañía al joven el resto de la noche. Si dejaba de ir al aeropuerto una sola noche, sería como dar a Rogan por muerto. Salió del restaurante y paró un taxi. Eran casi las diez cuando llegaron al aeropuerto, y Rosalie atravesó corriendo la terminal hacia la puerta de llegadas. Los pasajeros del vuelo procedente de Budapest ya estaban saliendo. Se detuvo jadeante, encendió un cigarrillo como tenía costumbre de hacer y, cuando vio a Rogan, casi se le parte el corazón.

Parecía terriblemente enfermo. Tenía los ojos muy hundidos, los músculos de la cara agarrotados, y sus movimientos eran de una rigidez espantosa. Él aún no la había visto, y Rosalie se dirigió hacia él, llamándolo por su nombre y con lágrimas en los ojos.

Rogan oyó el taconeo sobre el piso de mármol, oyó la voz de Rosalie que lo llamaba. Iba a escapar, pero se desdijo a tiempo de recibirla cuando ella se arrojó en sus brazos. Y ya la estaba besando, besando su cara y sus preciosos ojos llorosos, mientras Rosalie susurraba:

—Soy tan feliz, tan feliz. He venido aquí cada noche durante todo este tiempo, y siempre pensaba que podías haber muerto y que yo no me enteraría y seguiría viniendo aquí hasta el día de mi muerte.

Estrechándola, sintiendo su calor, Rogan notó que el punzante frío que se había apoderado de su cuerpo empezaba a menguar, y le pareció que revivía. En ese momento, supo que nunca podría abandonar a Rosalie.

17

Fueron en taxi hasta la pensión, y Rosalie lo condujo a la habitación donde había vivido todo ese tiempo. Era un lugar agradable, mitad dormitorio, mitad salón, con un pequeño diván verde entre ambos espacios. Encima de la mesa había un jarrón de rosas marchitas, parte de cuyo aroma pendía todavía en el aire. Rogan abrazó a Rosalie no bien hubieron cerrado la puerta, se desnudaron a toda prisa y se metieron en la cama, pero lo que siguió estuvo lastrado por la tensión, fue como hacer el amor a la desesperada.

Compartieron un cigarrillo a oscuras, y entonces Rosalie rompió a llorar.

—¿No podrías olvidar todo este asunto? —preguntó entre susurros—. ¿Por qué no lo dejas?

Rogan no respondió. Sabía lo que ella quería darle a entender: si no mataba a Von Osteen, su vida, la de ellos dos, podría comenzar de nuevo. Ambos seguirían vivos. En cambio, si iba a por Von Osteen, tendría muy pocas posibilidades de escapar. Pero Rogan jamás podría contar a otro ser humano lo que Von Osteen le había hecho en el Palacio de Justicia de Múnich; era demasiado vergonzoso, en el sentido de que había sido vergonzosa la manera en que habían intentado matarle. Rogan sólo sabía una cosa: si no mataba a Von Osteen, no podría seguir viviendo. No podría pasar una sola noche sin pesadillas mientras Von Osteen siguiera con vida. Tenía que matar al séptimo y último hombre para poner paz en su propio interior.

No obstante, de alguna extraña manera, temía el momento de encararse al magistrado. Tuvo que recordarse a sí mismo que ahora la víctima sería Von Osteen, y Von Osteen gritaría de miedo y se desplomaría aterrorizado. Pero le costaba imaginárselo. En aquellos espantosos días, cuando los siete hombres lo torturaron en el Palacio de Justicia muniqués, días de pesadilla en que los gritos de Christine en la sala contigua hacían que se estremeciera de angustia, Rogan había acabado considerando a Von Osteen algo así como un dios, casi había llegado a adorarlo, aun con miedo.

Rosalie estaba dormida, con el rostro húmedo después de haber llorado. Rogan encendió otro cigarrillo. Su mente, su irreductible memoria y toda la angustia del recuerdo lo transportaron de nuevo a aquella sala de techo alto en el Palacio de Justicia de Múnich.

A primera hora de la mañana, los carceleros entraban en su celda con pequeñas porras de caucho y un cubo metálico para los vómitos. Con las porras le golpeaban el estómago, los muslos, la ingle. Acorralado contra los barrotes de hierro de su celda, Rogan notaba cómo la bilis le subía a la boca, y entonces devolvía. Uno de los carceleros recogía diestramente el vómito en el balde. Nunca le hacían preguntas. Le pegaban de manera automática, como si sentaran la pauta para el resto del día.

Otro carcelero le llevaba un carrito con el desayuno: un pedazo de pan negro y un plato con un mazacote grisáceo que llamaban «gachas de avena». Obligaban a Rogan a comer y, como él siempre estaba hambriento, engullía las gachas y mordisqueaba el pan, que era rancio y gomoso. Una vez había terminado de comer, los carceleros se ponían en corro a su alrededor como para pegarle otra vez. El miedo físico, la debilidad corporal causada por la malnutrición y la tortura, hacían que a Rogan le resultara imposible controlar sus intestinos. Sus tripas se soltaban sin que pudiera evitarlo, y notaba que el pantalón se volvía pegajoso a medida que la comida fluía de su cuerpo apenas digerida.

Cuando el hedor se hacía insoportable dentro de la celda, los carceleros lo sacaban de allí y lo paseaban por el Palacio de Justicia. A aquella hora de la mañana no había nadie, pero Rogan sentía mucha vergüenza del rastro marrón y pestilente que iba dejando a su paso. Sus tripas seguían descontroladas y, aunque él hacía esfuerzos sobrehumanos para contenerlas, notaba que las perneras del pantalón se le humedecían. El olor nauseabundo le seguía por los pasillos, pero ahora los cardenales que tenía por todo el cuerpo neutralizaban su vergüenza hasta que llegaba el momento de sentarse ante sus interrogadores, y entonces aquel desastre viscoso se extendía por toda la parte baja de espalda y glúteos.

Los carceleros le esposaban brazos y piernas a una pesada silla de madera y dejaban las llaves sobre la larga mesa de caoba. En cuanto aparecía el primero de los siete interrogadores, los guardias se marchaban. Luego iban entrando los demás componentes del equipo, algunos con vasos de café en la mano. Durante la primera semana de interrogatorios, Klaus von Osteen siempre llegó el último, y fue durante esta semana cuando Rogan sufrió torturas físicas «normales».

Dada la complejidad de la información que Rogan tenía que dar, los intrincados códigos y la energía mental requerida para recordar las pautas memorizadas, la tortura física resultó ser demasiado demoledora para el proceso mental. Tras una sesión de tortura, Rogan no habría podido proporcionar los códigos aunque hubiera querido. El primero en comprenderlo fue Von Osteen, de ahí que ordenara reducir al mínimo toda persuasión que entrañara violencia. A partir de ahí, Von Osteen fue siempre el primero del equipo en llegar cada mañana.

A esa hora temprana, el aristocrático y bien esculpido rostro de Von Osteen se veía pálido por el talco que se aplicaba después de afeitarse, y sus ojos aún conservaban algo de la modorra del sueño. Anterior a Rogan en una generación, era el padre que todo joven habría querido tener; de aspecto distinguido, pero no un petimetre; sincero, pero no empalagoso; serio, pero con un punto de humor; justo, pero severo. Y, en las semanas siguientes, Rogan, que estaba físicamente agotado por la falta de descanso y una mala alimentación, y por la tortura psíquica de que era objeto, empezó a ver en Von Osteen una especie de protectora figura paterna que lo castigaba por su propio bien. Como es lógico, intelectualmente Rogan rechazaba semejante pensamiento por absurdo: aquel hombre era el jefe de los torturadores, el responsable de su suplicio. Y sin embargo, emocional y esquizofrénicamente esperaba cada día a Von Osteen como el hijo espera a su padre.

La primera mañana que Von Osteen llegó antes que los demás, le puso un cigarrillo entre los labios y se lo encendió. Luego, sin hacerle preguntas, le explicó cuál era su posición: él, Von Osteen, cumplía su deber para con la patria. Rogan no debía tomarse el interrogatorio como algo personal. Él le tenía afecto. Por edad, Rogan casi podía haber sido el hijo que él nunca tuvo. Le inquietaba que se mostrara tan testarudo. ¿Qué finalidad podía tener aquella infantil obcecación? Los códigos secretos que Rogan guardaba en su cerebro ya no serían utilizados por los aliados, eso estaba claro. Había transcurrido demasiado tiempo para que cualquier información que les facilitara sirviese de nada. ¿Por qué no cejaba Rogan en su actitud y les ahorraba a todos tanto sufrimiento? Sí, los torturadores también sufrían con el torturado. ¿Acaso no se le había ocurrido pensarlo?

Luego le dio garantías. El interrogatorio terminaría pronto. La guerra, también. Rogan y su esposa, Christine, volverían a ser felices. La fiebre de la guerra llegaría a su fin y los seres humanos ya no tendrían que sentir miedo unos de otros. Rogan no debía desesperar. Y, al tiempo que decía esto, Von Osteen le iba dando palmaditas en la espalda.

Pero cuando entraban los otros interrogadores, la actitud de Von Osteen cambiaba por completo. Volvía a ser el jefe. Sus ojos hundidos perforaban los del prisionero. Su melodiosa voz se volvía áspera, estridente. Y cosa curiosa: era la aspereza propia del padre estricto, había en ella un deje de amor hacia el hijo descarriado. La personalidad de Von Osteen era tan magnética, tan poderosa, que Rogan se creyó el papel que el otro representaba; creyó que el interrogatorio era justo, y que él, Rogan, era el causante de su propio dolor físico.

Luego vinieron los días en que oía gritar a Christine en la sala contigua. Von Osteen ya no llegaba el primero, sino siempre el último. Y luego, el espantoso día en que lo llevaron a la sala contigua y le mostraron el fonógrafo y el disco donde estaba grabada la agonía de Christine. Sonriendo, Von Osteen le había dicho: «Murió el primer día de tortura. Te hemos estado engañando.» Y Rogan, que en aquel instante lo odiaba con suprema intensidad, había expulsado repentinamente bilis por la boca y manchado sus prendas carcelarias.

Aun entonces, Von Osteen mentía. Genco Bari afirmaba que Christine había muerto al dar a luz y Rogan creía a Bari. Pero ¿por qué había mentido Von Osteen? ¿Qué finalidad tenía hacer pasar a sus subordinados por más perversos de lo que eran? Y Rogan, al recordarlo, comprendió hasta qué punto había sido brillante la trama psicológica tras cada palabra y cada acto de Von Osteen.

El odio que sentía hacia los asesinos de su esposa le hizo desear estar vivo. Quiso estar vivo para poder matarlos a todos y regodearse con sus cuerpos torturados. Y fue ese odio, y la esperanza de vengarse algún día, lo que había vencido su resistencia y lo había llevado a dar a sus interrogadores, durante los meses siguientes, todos los códigos secretos que recordaba.

Von Osteen volvió a llegar el primero a la sala de interrogatorios. De nuevo insistió en consolar a Rogan con aquella voz preñada de magnetismo y comprensión. Pasados unos días, solía quitarle los grilletes de brazos y piernas y llevarle café y tabaco. Le aseguró una vez más que quedaría en libertad tan pronto como les hubiera dado todos los códigos. Y luego, una mañana, se presentó muy temprano, cerró con llave la puerta de la sala de techo alto y dijo a Rogan:

—He de contarte un secreto, pero debes prometer que no se lo dirás a nadie.

Rogan asintió en silencio. Con gesto grave pero amistoso, Von Osteen continuó:

—Tu mujer sigue viva. Ayer dio a luz a un niño. Los dos se encuentran bien y reciben la atenciones necesarias. Te doy mi solemne palabra de honor de que podréis reuniros los tres en cuanto hayas terminado de darnos toda la información que necesitamos. Pero ni se te ocurra comentar nada de esto con los demás. Podría haber problemas, puesto que con esta promesa estoy traspasando los límites de mi autoridad.

Pasmado como estaba, Rogan escrutó la cara de Von Osteen para averiguar si le mentía. Pero los ojos del alemán reflejaban la sinceridad y la bondad que parecían estar genéticamente grabadas en su estructura ósea. Rogan le creyó. Y pensar que Christine estaba viva, que pronto volvería a ver su dulce cara, que volvería a estrechar su suave y delgado cuerpo, que no estaba muerta y enterrada... todo esto pudo con él y entonces rompió a llorar. Von Osteen le dio una palmada en el hombro y dijo, con su suave e hipnótica voz:

—Lo sé, lo sé. No podía decírtelo antes. Todo ha sido un truco, forma parte de mi trabajo. Pero, como ya no es necesario seguir con la farsa, he querido darte la buena noticia.

Hizo que se secara las lágrimas y luego abrió la puerta de la sala de interrogatorios. Los otros seis esperaban fuera con vasos de café en la mano. Parecían molestos por haber sido excluidos, enfadados con su jefe, que parecía haberse aliado con la víctima.

Esa noche, en su celda, Rogan soñó con Christine y con el bebé al que no había visto. Curiosamente, la cara del niño era diáfana en el sueño —ancha y de mejillas sonrosadas—, pero la de Christine quedaba como en sombras. Cuando la llamaba, Christine salía a la luz y entonces él podía ver que era feliz. Cada noche soñaba con ellos.

Cinco días después era el *Rosenmontag* y, cuando Klaus von Osteen entró en la sala, Rogan vio que traía en brazos unas prendas de paisano. El alemán sonrió muy contento a Rogan y le dijo: «Hoy voy a cumplir la promesa que te hice.» Acto seguido, entraron los otros seis hombres. Felicitaron a Rogan como profesores que hubieran ayudado a su alumno preferido a licenciarse con matrícula de honor. Rogan empezó a cambiarse de ropa. Genco Bari le ayudó a anudarse la corbata, pero Rogan no dejaba de mirar a Von Osteen, formulándole una muda pregunta con los ojos, preguntando si vería a su mujer y a su hijo recién nacido. Y Von Osteen captó aquella mirada y, disimuladamente, asintió con la cabeza, tranquilizándolo al respecto. Entonces, unas manos encasquetaron el sombrero en la cabeza de Rogan.

Mientras estaba allí de pie, mirando sus caras de satisfacción, reparó en que faltaba uno. Justo en ese momento, notó el frío tacto del cañón del arma en la nuca, y alguien le inclinó el sombrero sobre los ojos. En aquella milésima de segundo lo comprendió todo y lanzó una última mirada de socorro a Von Osteen, gritando mentalmente: «¡Padre, padre, yo te creí! Padre, yo había perdonado todas vuestras torturas, todos vuestros engaños. Te perdono por asesinar a mi mujer y darme vanas esperanzas. Pero sálvame ahora. ¡Sálvame!» Lo último que vio antes de que reventara la parte posterior de su cráneo fue el afable rostro de Von Osteen transfigurándose en el de un diablo que se mofaba a carcajadas.

Ahora, con Rosalie a su lado en la cama, Rogan supo que no le bastaría con matar una sola vez a Von Osteen.

Tenía que haber un modo de devolverlo a la vida y así poder matarlo repetidas veces. Von Osteen había logrado ir hasta la esencia de los dos en tanto que seres humanos, para luego, como quien hace una broma, traicionar esa misma esencia.

Cuando Rogan se despertó, Rosalie ya tenía el desayuno listo. No había cocina en la habitación, pero ella usaba un hornillo para hacer café y había bajado a comprar panecillos. Mientras desayunaban, le dijo a Rogan que ese día Von Osteen no iba a estar en el Palacio de Justicia pero que, al día siguiente, le tocaba juzgar a un presidiario. Repasaron juntos todo lo que Rosalie sabía acerca de Von Osteen, lo que ya había contado a Rogan antes de su partida a Sicilia y lo que había averiguado después. Von Osteen era una figura política de mucho peso en Múnich y contaba con el respaldo del Departamento de Estado estadounidense para subir a nuevas cotas de poder. Por ser magistrado, tenía a su disposición una escolta permanente, tanto en su casa como fuera de ella. Sólo estaba sin guardaespaldas en el interior del Palacio de Justicia, que contaba con su propio y numeroso contingente de guardias de seguridad. Rosalie le habló de su empleo como auxiliar de enfermería en el hospital del edificio.

Rogan sonrió.

—¿Podrías colarme sin que me vean?

—Si tienes que ir, sí —respondió ella.

Rogan no dijo nada hasta pasados unos momentos:

—Mañana por la mañana.

Cuando Rosalie se marchó a trabajar, Rogan salió a hacer sus propios recados. Compró los utensilios para limpiar y engrasar la pistola Walther. Luego alquiló un Mercedes y lo aparcó a una manzana de la pensión. Subió a la habitación y escribió varias cartas, una a su abogado en Estados Unidos y otra a sus socios de la empresa informática. Guardó las cartas para echarlas al buzón cuando Rosalie volviera del trabajo. Luego desmontó la pistola, la limpió a conciencia y volvió a montarla. Guardó el silenciador en un cajón de la cómoda. Esta última vez quería dar absolutamente en el blanco, y no estaba seguro de poder acercarse lo suficiente para compensar la falta de precisión en el disparo debida al silenciador.

—¿Estás segura de que Von Osteen tiene sesión mañana? —preguntó a Rosalie cuando llegó del trabajo.

—Sí —respondió ella. Tras una pausa, preguntó a su vez—: ¿Comemos fuera o quieres que suba algo a la habitación?

—No, salgamos —dijo él.

En el primer buzón ante el que pasaron, echó las cartas.

Cenaron en la famosa Brauhaus, donde las jarras de cerveza no eran nunca más pequeñas de un cuarto de litro y se podía elegir entre veinte tipos diferentes de salchicha. El diario vespertino, *Tagenblatt*, traía una crónica sobre el asesinato de Wenta Pajerski en Budapest. Según el periódico, el movimiento democrático clandestino, supuestamente autor del atentado, había sido desarticulado tras varias redadas policiales. Afortunadamente, la bomba no había herido a nadie más.

—¿Lo planeaste tú así? —preguntó Rosalie.

—Bueno, procuré esmerarme al colocar el explosivo dentro de la pieza de ajedrez. Pero es difícil de controlar. Me preocupaba que alguna camarera pudiera recibir un fragmento de metralla. Suerte que Pajerski era un tipo gordo. Absorbió él solo todo el explosivo.

—Y ahora solamente queda Von Osteen —dijo ella—. ¿Servirá de algo que te diga que parece una buena persona?

Rogan soltó una carcajada.

—No me extraña en absoluto. Pero no, no sirve de nada.

Pese a que no hicieron comentarios al respecto, ambos sabían que ésa podía ser la última noche que pasaran juntos. No querían volver a la pequeña habitación con el diván de color verde y la cama estrecha, de modo que fueron de cervecería en cervecería, bebieron un *Schnapps* tras otro, oyeron cantar felices a los alemanes, que tragaban litros de cerveza sentados a aquellas largas mesas de madera. Los corpulentos bávaros se atiborraban de pequeñas salchichas y, para bajarlas, qué mejor que aquellas inmensas jarras de espumosa cerveza. Cuando alguno se sentía momentáneamente ahíto, se abría paso entre la cervecera muchedumbre hasta los aseos y hacía uso de unas pilas especiales para vomitar, tan grandes que uno se podía ahogar en ellas. Una vez devuelto todo lo ingerido previamente, regresaba a las mesas y pedía a grito pelado más salchichas y más líquido, sin duda teniendo que repetir la operación al cabo de un rato.

Eran gente repugnante, pero estaban vivos y despedían calor, hasta tal punto que aquellas enormes salas parecían hornos más que cervecerías. Rogan siguió bebiendo *Schnapps* mientras Rosalie se pasaba a la cerveza. Cuando empezó a entrarles sueño de tanto beber, se pusieron en camino hacia la pensión.

Al pasar junto al Mercedes, Rogan dijo:

—Es el coche que he alquilado. Mañana iremos en él hasta los juzgados y lo aparcaremos cerca de tu entrada. Si no salgo, tú monta en el coche y lárgate de Múnich. No vengas a buscarme, ¿de acuerdo?

—De acuerdo —contestó ella, con voz trémula.

Rogan le apretó la mano para impedir que llorara. Rosalie retiró la mano, pero sólo para sacar la llave del bolso. Mientras subían las escaleras de la pensión, ella le tomó la mano de nuevo y sólo la soltó para abrir la puerta de la habitación y encender la luz. Rogan la oyó dar un respingo. Sentado en el diván estaba el agente Arthur Bailey y, detrás de la puerta, cerrándola ahora, Stefan Vrostk. Vrostk empuñaba un arma. Los dos intrusos parecían contentos.

—Bienvenido —le dijo Bailey a Rogan—. Bienvenido a Múnich.

18

Rogan sonrió para tranquilizar a Rosalie.

—Ve a sentarte. No pasa nada. Esperaba que aparecieran un día de éstos. —Miró a Bailey—. Dígale a su esbirro que guarde el arma y usted haga lo mismo. No las van a utilizar. Y no impedirán que yo haga lo que tengo que hacer.

Bailey guardó el arma e hizo señas a Vrostk. Luego, muy despacio y con aparente sinceridad, dijo a Rogan:

—Veníamos a ayudarle. Me preocupaba que le hubiera entrado la locura asesina y pensaba que, tal vez al encontrarnos aquí, la emprendería a tiros con nosotros. Así que lo prudente era desenfundar antes de que usted pudiera hacerlo y luego darle explicaciones.

—Démelas, pues —dijo Rogan.

—La Interpol va a por usted. Han atado cabos y saben que es el autor de esos asesinatos, están repartiendo copias de las fotos de todos sus pasaportes. Le han seguido la pista hasta Múnich; hace una hora, he recibido un teletipo en mi oficina. Suponen que ha venido usted a la ciudad para matar a alguien e intentan averiguar de quién se trata. Ésa es la única ventaja que les lleva: nadie sabe a quién quiere liquidar.

Rogan se sentó en la cama, frente al polvoriento diván verde.

—No me venga con ésas, Bailey —repuso—. Usted sabe a quién quiero liquidar.

Bailey negó con la cabeza, y su rostro enjuto adoptó una expresión preocupada.

—Se ha vuelto paranoico —dijo—. Le he ayudado en todo cuanto he podido. Yo no les he contado nada de nada.

Rogan se recostó en la almohada. Cuando habló, lo hizo con una gran serenidad:

—Bien, le concedo el beneficio de la duda. Al principio, usted no sabía quiénes eran los siete hombres que me interrogaron en el Palacio de Justicia. Pero, cuando volví, ya tenía un dossier sobre cada uno de ellos. Cuando nos vimos hace unos meses, esa vez que vino a pedirme que dejara en paz a los Freisling, conocía a los siete, pero no estaba dispuesto a decírmelo. Claro, una red de espionaje contra los comunistas es más importante que la venganza de una víctima de atrocidades. ¿No es así como piensan los del Servicio de Inteligencia?

Bailey no respondió. Miraba fijamente a Rogan.

—Cuando maté a los hermanos Freisling —continuó Rogan— comprendió que nada podía detenerme. Y usted quería quitar de en medio a Genco Bari y a Wenta Pajerski... pero el plan era que yo no saliera con vida de Budapest. —Se volvió hacia Vrostk—. ¿Verdad?

Vrostk enrojeció.

—Estaba todo dispuesto para la fuga. Qué quiere que le haga si es usted un cabezota que hace las cosas siempre a su manera.

Rogan replicó en tono desdeñoso:

—¡Cabrón de mierda! Pasé por delante del consulado

para ver el panorama, y allí no había ningún coche esperando. Por si fuera poco, aquello estaba repleto de policías de paisano. Pagados por usted, claro. Yo no debía llegar vivo a Múnich, sino morir tras el Telón de Acero. Y de ese modo, todos sus problemas quedarían resueltos.

—Me ofende usted —dijo Bailey—. Me acusa de haberle delatado a la policía secreta comunista. —Parecía tan genuinamente dolido que Rosalie miró dubitativa a Rogan.

—Mire, si aún fuera un novato, ahora mismo me habría tragado su cuento chino. Pero, después de mi experiencia en el Palacio de Justicia, a los tipos como usted los calo enseguida. No me ha engañado ni un solo momento, Bailey. De hecho, cuando llegué a Múnich ya sabía que me estaría esperando, y se me ocurrió localizarlo yo primero para quitarlo de en medio. Pero pensé que no sería necesario. Además, no quiero matar a alguien sólo porque se cruce en mi camino. Pero le diré que no es usted mejor que esos siete tipos. Si hubiera estado allí, habría hecho lo mismo que ellos. Quién sabe, quizá lo haya hecho. ¿Qué me dice, Bailey? ¿A cuántos hombres ha torturado? ¿Y a cuántos ha liquidado?

Rogan hizo una pausa para encender un cigarrillo. Mirando a Bailey fijamente a los ojos, continuó:

—El séptimo hombre, el jefe de los interrogadores, el hombre que torturó a mi mujer y grabó sus gritos, es el magistrado Klaus von Osteen, el magistrado alemán de mayor rango en toda Baviera. El político con un futuro más prometedor, quién sabe si el próximo canciller de Alemania Federal. Nuestro Departamento de Estado lo apoya. Y está en connivencia con el aparato de espionaje norteamericano en Alemania. De modo que no pueden permitirse que lo mate yo y, por otra parte, jamás lo arrestarían por haber cometido crímenes de guerra. —Rogan aplastó el cigarrillo—. Para que Von Osteen no muriera asesinado, para que no se supiera que fue un hombre de la Gestapo, tenían que eliminarme a mí. Usted ordenó a Vrostk que me delatara a la policía secreta húngara, ¿no es así, Bailey? Sencillo, limpio, sin puntos flacos, como les gusta a ustedes, los espías vocacionales.

Vrostk intervino con su arrogante voz:

—¿Qué nos impide acabar con usted ahora mismo?

Bailey miró a su subordinado con cansina impaciencia. Rogan rio.

—Explíqueselo a su mequetrefe, Bailey —dijo. En vista de que éste no soltaba prenda, continuó, dirigiéndose a Vrostk—: Es usted demasiado tonto para entender lo que he hecho, pero su jefe lo sabe. He enviado cartas a Estados Unidos, a personas de confianza. Si yo muero, se sabrá la verdad sobre Von Osteen y la diplomacia estadounidense quedará desacreditada. La red de espionaje norteamericano en Europa se llevará una buena reprimenda de los jefazos de Washington. No pueden matarme. Y, si me detienen, más de lo mismo. Se sabrá lo de Von Osteen, así que no pueden delatarme. Tendrán que conformarse con asumir la derrota, por así decirlo; confiar en que yo mate a Von Osteen y que nadie llegue a averiguar el motivo. No insistiré en que me echen una mano. Eso sería demasiado pedir.

Vrostk estaba literalmente boquiabierto de sorpresa. Bailey se puso en pie.

—Lo ha captado todo muy bien —le dijo a Rogan—. Todo lo que ha dicho es verdad, para qué negarlo. Vrostk cumplía órdenes mías. Pero todo lo que hice formaba parte de mi trabajo. ¿Qué coño me importa su venganza, o que haga justicia, cuando puedo ayudar a mi país a controlar Alemania a través de Von Osteen? Pero reconozco que ha sabido usted actuar bien en todo momento, de modo que sólo me queda hacerme a un lado y dejar que se salga con la suya. No me cabe duda de que conseguirá llegar hasta Von Osteen, aunque haya mil agentes buscándolo mañana por toda la ciudad. Sólo hay una cosa que no ha tenido en cuenta, Rogan, más vale que salga por piernas en cuanto lo mate.

Rogan se encogió de hombros.

—Eso me importa muy poco.

—Claro, y tampoco le importa nada lo que les pase a sus mujeres. —Vio que Rogan no lo había comprendido—. Primero dejó que mataran a su esposa, la francesita. Y ahora, esta *Fraulein* —añadió, señalando a Rosalie con la cabeza.

—¿De qué coño está hablando? —preguntó Rogan en voz queda.

Bailey sonrió por primera vez.

—Hablo de que, si mata usted a Von Osteen y no sale de ésta con vida, su chica lo va a pasar muy mal. O la acusan de complicidad en sus crímenes, o la mandan de vuelta al manicomio. Lo mismo pasará si Von Osteen vive y se descubre el pastel a través de sus cartas cuando haya muerto usted. Le doy una alternativa, Rogan. Olvídese de Von Osteen y les garantizo absoluta inmunidad a usted y a su chica. Lo arreglaré para que ella pueda acompañarlo a Estados Unidos cuando regrese allí. Piénselo. —Se dirigió hacia la puerta.

Rogan lo llamó. Su voz temblaba, como si por primera vez hubiera perdido la confianza que hasta entonces había mostrado tener en sí mismo.

—Dígame la verdad, Bailey. Si hubiera sido uno de los siete hombres que me torturaron, ¿habría hecho las cosas que ellos me hicieron?

Bailey pareció reflexionar unos instantes, y luego dijo:

—Si hubiera pensado que con eso ayudaba a mi país a ganar la guerra, sí —confesó, y salió detrás de Vrostk.

Rogan se levantó y fue hasta la cómoda. Rosalie vio cómo ajustaba el silenciador estriado al cañón de la Walther y le dijo, angustiada:

—No, por favor. A mí no me da miedo lo que puedan hacerme. —Se acercó a la puerta como para impedir que Rogan saliera, pero cambió de parecer y se sentó en el diván.

Rogan la observó antes de hablar:

—Sé lo que estás pensando, pero ¿acaso no he dejado que Vrostk y Bailey salgan impunes de haber intentado matarme en Budapest? La gente de este oficio son todos como animales, no hay nada humano en ellos. Nadie los obliga a hacer este trabajo; son voluntarios. Y conocen muy bien sus obligaciones: torturar, traicionar y asesinar a sus congéneres. No siento ninguna compasión por ellos.

Rosalie guardó silencio y apoyó la cabeza en sus manos. Rogan le dijo con dulzura:

—En Budapest arriesgué la vida para asegurarme de que sólo Pajerski saliera herido. Estaba dispuesto a renunciar a todo, incluso a la oportunidad de matar a Von Osteen, con tal de que ningún inocente resultara malherido. Porque los que estaban allí eran inocentes. Pero éstos dos no lo son, y yo no quiero que sufras por mi culpa.

Antes de que ella pudiera decir nada, o alzar siquiera la cabeza, Rogan salió de la habitación. Rosalie le oyó bajar rápidamente por la escalera.

Rogan montó en el Mercedes alquilado y enfiló una calle principal pisando a fondo el acelerador. A aquella hora, había poco tránsito. Confiaba en que Bailey y Vrostk no tuvieran coche propio, que hubieran ido a la pensión en taxi y que ahora fueran a pie en busca de otro taxi.

Apenas había recorrido un breve trecho de la avenida cuando los vio juntos a escasa distancia. Siguió adelante, aparcó el coche una manzana más allá y regresó a pie. Vrostk y Bailey estaban aún como a treinta metros de distancia cuando se metieron en el Fredericka Beer Hall. «¡Maldita sea! —pensó—, ahí dentro será imposible cazarlos.»

Esperó fuera como una hora, confiando en que se tomarían un par de cervezas y volverían a salir. Pero, al ver que no lo hacían, se decidió a entrar.

El local no estaba lleno y enseguida los vio. Tenían una mesa larga para ellos solos y estaban allí sentados zampándose unas salchichas. Rogan tomó asiento cerca de la puerta, donde quedaba protegido por una mesa repleta de bebedores de cerveza.

Observando a Vrostk y a Bailey, le sorprendió su proceder y hasta su aspecto, y su propio desconcierto le divirtió. Hasta entonces, los había visto siempre con sus máscaras del oficio, pensadas para no dejar entrever ninguna debilidad humana. Allí los veía a sus anchas, relajados, sin disfraz.

Sin duda, al arrogante Vrostk le gustaban las gordas. Rogan vio cómo pellizcaba a todas las camareras rollizas y no prestaba la menor atención a las flacas. Y, cuando una chica particularmente robusta pasó por su lado con una bandeja de jarras vacías, no pudo contenerse, intentó abrazarla y los vasos salieron disparados para aterrizar sobre la larga mesa. La camarera le dio un empujón en son de broma y Vrostk cayó de culo en el regazo de Bailey.

Por su parte, y pese a su delgadez, Bailey parecía ser un glotón consumado. No paraba de devorar salchichas y más salchichas. Acompañaba cada bocado de un buen trago de cerveza, totalmente absorto en lo que estaba haciendo. De pronto, se puso en pie y fue corriendo a los servicios.

Vrostk se levantó para seguirlo, un tanto ebrio a juzgar por sus andares. Rogan aguardó unos segundos y luego fue también hacia allá. Tuvo suerte: al franquear la puerta vio que sólo estaban ellos dos, Vrostk y Bailey.

Pero no pudo disparar, no pudo sacar la Walther del bolsillo de la chaqueta. Bailey estaba doblado por la cintura sobre uno de los enormes lavabos para vomitar, arrojándolo todo salvo el café del desayuno. Vrostk le sostenía la cabeza para que el otro no acabara con ella metida dentro de la pila.

Indefensos los dos, daban cierta pena. Rogan retrocedió antes de que pudieran percatarse de su presencia y salió de la cervecería. Regresó en el coche a la pensión, aparcó y subió a la habitación. La puerta no estaba cerrada con llave. Encontró a Rosalie esperándolo sentada en el diván verde. Rogan desacopló el silenciador y volvió a meterlo en el cajón de la cómoda. Fue a sentarse al lado de Rosalie.

—No he sido capaz —le dijo—. No sé por qué, pero no he podido matarlos.

19

Mientras tomaban café a la mañana siguiente, Rogan anotó el nombre de su abogado en Estados Unidos y se lo pasó a ella.

—Si te vieras en apuros —explicó—, él te ayudará.

El hecho de que Rogan no hubiera matado a Bailey y a Vrostk había conseguido que Rosalie se resignara, en cierta manera, a que él siguiera adelante con sus planes de liquidar a Von Osteen. No intentó hacerle cambiar de opinión, se limitó a aceptarlo; pero insistió en que descansara unos días. Parecía enfermo y muy fatigado. Rogan no quiso hacerle caso. Había esperado demasiados años: tenía que hacerlo ya.

Le dolía un poco la cabeza. Notaba presión en la zona del cráneo donde tenía la placa de plata. Rosalie le dio un vaso de agua para que se tomara las pastillas que siempre llevaba consigo. Le vio comprobar el cargador de la pistola y guardarse el arma en el bolsillo de la chaqueta.

—¿No vas a usar el silenciador? —preguntó Rosalie.

—El tiro no es muy preciso con silenciador —respondió él—. Tendría que ponerme a menos de cinco metros para dar en el blanco, y es probable que no pueda acercarme tanto.

Ella entendió lo que en realidad había querido decir: que no tenía esperanzas de escapar y que, por tanto, era inútil tomarse la molestia de silenciar el arma homicida. Antes de salir, Rosalie le pidió que la abrazara, pero a él le fue imposible consolarla.

Rogan hizo que ella se pusiera al volante, pues en circunstancias como ésas desconfiaba de su imprecisa visión lateral. El nervio óptico dañado perdía aún más facultades en momentos de tensión, y Rogan quería poder taparse parcialmente la cara mientras recorrían la ciudad. Múnich estaría lleno de policías con una sola misión: localizar a Michael Rogan.

Pasaron por delante de los juzgados y cruzaron la plaza que él tan bien recordaba, con sus edificios de floridas columnas. Rosalie aparcó el coche a poca distancia de la entrada lateral. Rogan se apeó y traspuso la majestuosa arcada por la que se accedía al patio interior del Palacio de Justicia.

Caminó por los adoquines otrora manchados con su sangre, en cuyas ranuras se habían colado diminutos fragmentos de cráneo. Rígido por la tensión del momento, siguió a Rosalie hasta el dispensario y observó que se ponía la bata blanca. Ella se dio la vuelta y le preguntó si estaba listo.

Rogan asintió. Rosalie lo condujo por una escalera interior a un pasillo oscuro y fresco con suelo de mármol, jalonado por recias puertas de roble a intervalos de quince metros: las puertas de las salas de tribunal. Junto a cada una de ellas, había un nicho con una armadura; algunos estaban vacíos, pues las armaduras habían sido objeto de saqueo durante la guerra.

Al pasar por delante de las salas, Rogan pudo ver a los encausados esperando turno: rateros, atracadores, violadores, proxenetas, asesinos... e inocentes. Recorrió el largo pasillo, sintiendo que la cabeza le latía con la terrible emoción que impregnaba el aire como una malévola corriente eléctrica. Llegaron a un pie de madera que sostenía un cartel: «*Kriminalgericht*», y debajo: «*Bundesgericht Von Osteen, Präsidium.*»

Rosalie le tiraba del brazo.

—Es aquí —dijo—. Habrá tres jueces, Von Osteen estará en el centro.

Al entrar, Rogan pasó junto a un alguacil y tomó asiento en una de las filas de atrás. Rosalie se sentó a su lado.

Lentamente, Rogan alzó la cabeza para mirar a los jueces que ocupaban el estrado al otro extremo de la sala de grandes dimensiones. Un hombre que estaba sentado delante de él le tapaba la vista y tuvo que ladear la cabeza para ver mejor. Ninguno de los jueces le resultó familiar.

—No lo veo —dijo en voz baja.

—El de en medio —susurró Rosalie.

Rogan forzó la vista. El que estaba en medio no se parecía a Klaus von Osteen. Los rasgos de éste eran aristocráticos, y su nariz, aguileña; en cambio, este hombre tenía unas facciones gruesas. Incluso su frente era más estrecha. Nadie podía haber cambiado tanto.

—Ése no es Von Osteen, no se le parece en nada.

Rosalie volvió lentamente la cabeza hacia Rogan.

—¿Quieres decir que no es el séptimo hombre?

Rogan negó con la cabeza, vio que ella se alegraba y no lo entendió.

—Seguro que es él —dijo Rosalie en voz baja—. Estoy segura.

Rogan sintió un repentino mareo. Así que, a fin de

cuentas, lo habían engañado. Recordó las astutas sonrisas de los Freisling al darle la información sobre Von Osteen. Recordó el tono confiado en que Bailey le había hablado de él, hubo algo que el agente encontró divertido o gracioso. Y ahora Rogan comprendía la expresión de contento en la cara de Rosalie: si no conseguía dar con el séptimo hombre, tendría que abandonar su búsqueda. Eso era lo que ella deseaba.

La cabeza iba a estallarle, y el odio hacia el mundo entero que corría por sus venas sorbió toda la energía de su cuerpo. Rogan empezó a desplomarse, Rosalie lo agarró cuando ya perdía el conocimiento y un alguacil robusto, que se percató de lo que pasaba, ayudó a sacar a Rogan y bajarlo hasta la sala de urgencias. Rosalie se situó del lado donde Rogan llevaba la pistola, notaba el bulto a través de la tela de su chaqueta. Una vez abajo hizo que se tumbara en una de las cuatro camas que allí había y puso un biombo alrededor. Luego le hizo tragar sus pastillas sosteniéndole la cabeza en alto. Pocos minutos después, Rogan recuperaba el color normal y abría los ojos.

Rosalie le habló en voz baja, pero él no reaccionó. Finalmente, ella tuvo que dejarlo allí para ir a atender a un paciente que acababa de llegar por un problema menor.

Rogan miró al techo e intentó obligar a su cerebro a razonar. Los hermanos Freisling no podían haber mentido cuando anotaron los mismos nombres de sus colegas de la guerra. Y Bailey había reconocido que era Von Osteen el hombre a quien Rogan buscaba. ¿Cabía entonces la posibilidad de que Rosalie le hubiese mentido? No, eso era imposible. Rosalie no le mentiría. Sólo podía hacer una cosa: localizar a Bailey y obligarlo a decir la verdad. Pero antes necesitaba descansar, se sentía demasiado débil. Cerró los ojos y se quedó un rato dormido. Cuando despertó, fue como si volviera a una de sus pesadillas recurrentes.

Del otro lado del biombo, le llegó la voz del jefe del equipo interrogador que lo había torturado y traicionado hacia el final de la guerra. Era una voz de gran magnetismo, vibrante de simpatía y solidaridad. Preguntaba por el hombre que se había desmayado en la sala. Rogan pudo oír que Rosalie le decía al hombre, en tono respetuoso, que el paciente había sufrido una lipotimia debido al calor y que pronto se recuperaría. Dio las gracias a su señoría por ir a interesarse por su salud.

Una vez que se hubo cerrado la puerta, Rosalie pasó detrás del biombo y encontró a Rogan incorporado en la cama, sonriendo lúgubremente.

—¿Quién era ése? —preguntó, queriendo estar seguro.

—El magistrado Von Osteen —dijo ella—. Venía a preguntar cómo estabas. Ya te dije que era muy buena persona. Siempre he tenido la sensación de que no podía ser el hombre a quien buscas.

—Claro, por eso sonreían los hermanos Freisling —dijo Rogan con calma—, igual que Bailey. Sabían que no podría reconocer a Von Osteen, del mismo modo que ellos no me reconocieron a mí. Pero el poder de ese hombre estaba concentrado en su voz, ¿sabes?, y yo jamás olvidaría esa voz. —Vio el gesto contrariado de Rosalie—. ¿Von Osteen tiene sesión esta tarde, después de comer? —preguntó.

Rosalie se sentó en la cama, de espaldas a él.

—Sí —respondió.

Rogan le dio unas palmaditas en el hombro, y el contacto con el cuerpo joven de ella prestó energía a sus dedos. Empezaba a sentir un inmenso alborozo en su interior. Dentro de pocas horas, todo habría terminado; ya nunca más volvería a tener esas pesadillas. Pero iba a necesitar de todas sus fuerzas. Le dijo a Rosalie qué inyecciones debía buscar entre el arsenal de medicamentos que había en el armario. Mientras ella preparaba la aguja hipodérmica, Rogan pensó en la metamorfosis de Von Osteen.

Recordando sus augustas facciones, tuvo la certeza de que Von Osteen no se había sometido a la cirugía plástica sólo por rehuir el peligro. En todos estos años, el juez había pasado también un infierno. Pero ya nada importaba, pensó Rogan. Antes de terminar el día, Von Osteen y él mismo habrían llegado al final del camino.

20

El magistrado federal Klaus von Osteen, flanqueado por otros dos colegas de profesión, presidía el tribunal. Veía que los labios del abogado de la acusación se movían, pero no entendía nada de lo que estaba diciendo. Acosado por su propio sentimiento de culpa, por su propio temor al castigo, el magistrado era incapaz de concentrarse en la causa que los ocupaba. Tendría que aprobar el veredicto de sus colegas de magistratura.

Un ligero movimiento al fondo de la sala captó su atención, y el corazón se le contrajo dolorosamente. Era sólo una pareja que tomaba asiento. Intentó ver la cara del hombre, pero éste tenía la cabeza gacha y se encontraba demasiado lejos. El abogado defensor pronunciaba un alegato en favor de su cliente. Von Osteen trató de concentrarse en lo que el hombre decía. De pronto, se produjo una pequeña conmoción en las últimas filas. Von Osteen tuvo que hacer un gran esfuerzo para no ponerse en pie. Vio que una mujer con bata blanca y uno de los alguaciles sacaban casi a rastras a un hombre que parecía haberse desmayado. No era algo poco frecuente en estas salas, donde la gente estaba sometida a mucha tensión.

El incidente lo inquietó. Hizo señas con el dedo a uno de los empleados y le dio instrucciones en voz baja. A su vuelta, el hombre le dijo que el amigo de una enfermera de la casa había sufrido un desmayo y que ahora se encontraba en la sala de urgencias. Von Osteen suspiró aliviado. Y sin embargo, era un tanto extraño que hubiera sucedido algo así precisamente entonces.

Cuando se levantó la sesión a la hora del almuerzo, Von Osteen decidió ir a urgencias y preguntar por el accidentado. Podía haber mandado a alguien, pero quería verlo en persona.

La enfermera era una joven muy atractiva y de excelentes modales. Advirtió con gusto que parecía muy superior a las que normalmente contrataban para esos menesteres.

La joven señaló un biombo colocado alrededor de una de las camas y le dijo que el paciente se estaba recuperando; sólo había sido un ligero desvanecimiento, nada grave. Von Osteen miró el biombo y tuvo que reprimir las ganas de asomarse, de ver la cara del hombre y resolver todos sus temores. Pero habría estado fuera de lugar y, por otra parte, la enfermera que se hallaba entre él y el biombo habría tenido que hacerse a un lado. El magistrado dijo unas palabras con mecánica cortesía y abandonó la sala. Por primera vez desde que ejercía como magistrado en el Palacio de Justicia de Múnich, atravesó el patio a pie, volviendo la cabeza a un lado para no ver el muro interior contra el que habían amontonado los cadáveres aquel terrible día en las postrimerías de la guerra. Dejó el patio y echó a andar por la avenida, donde el chófer esperaba en la limusina para llevarlo a su casa.

El escolta estaba sentado delante, con el chófer. Von

Osteen sonrió divertido: aquel hombre poco podría hacer ante un asesino decidido, sería una víctima más.

Cuando el coche se adentró en el camino particular de su casa, notó que habían aumentado los efectivos de seguridad. Eso ayudaría. Así el asesino tendría que intentarlo en alguna otra parte, y Marcia estaría a salvo.

Su esposa lo esperaba en el comedor. La mesa estaba puesta con un mantel blanco que, bajo la luz tamizada por las cortinas, se veía ligeramente azul. La cubertería brillaba y los jarrones con flores de colores vivos estaban dispuestos con destreza de artista. Von Osteen dijo en broma a su mujer:

—Ojalá la comida fuese tan buena como el servicio, Marcia.

Ella puso una mueca de fingido desagrado.

—Ya está otra vez el magistrado —dijo.

Mirando a su esposa, Von Osteen pensó: «¿Me creería culpable si todo saliera a la luz?» Y supo que, si él lo negaba todo, Marcia le creería. Era veinte años más joven que él, pero le quería de verdad. Sobre eso, Von Osteen no albergaba la menor duda. Se pasó la mano por la cara. El cirujano plástico había hecho un trabajo excelente, era el mejor de Alemania; pero, de cerca, se apreciaban claramente las numerosas cicatrices y costuras en la carne facial. Se preguntó si sería ésa la razón por la que ella siempre tenía corridas las cortinas.

Terminado el almuerzo, Marcia le dijo que se tumbara en el sofá del salón para descansar una hora y ella se sentó a leer un libro en el sillón de enfrente.

Klaus von Osteen cerró los ojos. Jamás podría confesárselo a su esposa; Marcia tenía fe en él. Además, el magistrado ya había recibido su castigo. Pocas semanas después de aquel fatídico *Rosenmontag*, un obús le había destrozado la cara. Siempre había aceptado esa horrible herida sin acritud, como una expiación del crimen cometido en el Palacio de Justicia de Múnich con la persona del joven agente americano.

¿Cómo iba a explicar a nadie que, como oficial del Estado Mayor, como aristócrata y alemán, había acabado identificándose con la degradación y el deshonor de su país? Y así como un hombre casado con una mujer alcohólica decide darse a la bebida para demostrarle su amor, también él se había convertido en un torturador y un asesino para continuar siendo alemán. Pero ¿acaso era tan simple como eso?

En los años posteriores a la guerra, había sabido disfrutar de la vida, siempre sin forzar las cosas, de manera natural. Como magistrado, había sido humanitario y nunca cruel. Había dejado atrás el ominoso pasado. Todos los archivos del Palacio de Justicia muniqués habían sido destruidos a conciencia y, hasta hacía apenas unas semanas, no había sentido grandes remordimientos por sus atrocidades durante la guerra.

Pero luego se había enterado de la muerte de Pfann y de Moltke, y de los hermanos Freisling. La semana anterior, el agente del Servicio de Inteligencia Arthur Bailey se había presentado en su casa para hablarle de Michael Rogan. Rogan había asesinado a los subordinados de Von Osteen en el Palacio de Justicia de Múnich cuando éste actuó como magistrado sin autorización legal. Von Osteen no había olvidado a Michael Rogan; así que, al final, no lo habían matado.

Arthur Bailey lo había tranquilizado diciendo que Rogan no lograría perpetrar su último asesinato. El espionaje norteamericano se encargaría de ello, así como de que las atrocidades de Von Osteen fueran mantenidas en secreto. El magistrado sabía lo que eso entrañaba. Si alguna vez llegaba a dirigir a la Alemania Federal, el espionaje norteamericano podría chantajearlo.

Sin levantarse del sofá ni abrir los ojos, estiró el brazo para tocar a su mujer. Fue después de saber que Rogan estaba vivo cuando empezó a tener pesadillas. Soñaba que Rogan se abalanzaba sobre él y le salpicaba la cara con la sangre que manaba de su nuca; soñaba con un fonógrafo que reproducía a todo volumen los gritos de su esposa francesa.

¿Cuál era la verdad? ¿Por qué había torturado a Rogan y lo había hecho asesinar? ¿Por qué había grabado los gritos de la joven que murió dando a luz? ¿Y por qué al final había traicionado al preso, haciéndole abrigar esperanzas de que saldría con vida, haciéndole creer que su esposa seguía viva?

Recordó el primer día de interrogatorio, la cara de Rogan. Era un rostro que reflejaba bondad e inocencia, y eso lo había puesto de mal humor. También era la cara de un hombre joven al que aún no le había ocurrido nada horrible.

Ese mismo día, cuando se disponía a visitar a la mujer del preso, Von Osteen había descubierto que se la habían llevado al dispensario. Estaba de parto. De camino hacia allí, oyó los gritos de dolor de la joven y, cuando el médico le dijo que se estaba muriendo, Von Osteen decidió hacer grabar los gritos para intimidar a Rogan.

«¡Qué listo había sido!», pensó Von Osteen. Sí, era muy listo en todo. Listo en la maldad; y después de la guerra, apechugando con su cara destrozada, listo también en la bondad. Ahora su inteligencia le permitió saber por qué había destruido a Rogan de aquella manera.

El motivo era que el bien y el mal no pueden sino intentar destruirse mutuamente; y de esto se deducía que, en el mundo de la guerra y el asesinato, el mal debía triunfar sobre el bien. Por eso había destruido a Rogan, por eso se lo había ganado hasta conseguir que confiara en él, en Von Osteen. Y luego, llegado el momento final, cuando Rogan suplicaba clemencia con la mirada, Von Osteen se había reído y su risa había quedado ahogada en el estampido del disparo que le reventó el cráneo a Rogan. Se había reído entonces porque la visión de Rogan, con el sombrero inclinado sobre los ojos, no podía haber sido más cómica; la propia muerte, en aquellos terribles días de 1945, era básicamente una parodia.

—Es la hora. —Su mujer lo despertó, tocándole los ojos cerrados. Von Osteen se levantó del sofá y ella lo ayudó a ponerse la chaqueta. Después, lo acompañó hasta la limusina y le dijo—: No seas duro.

Von Osteen se sorprendió al oír estas palabras. Miró a su mujer con cara de no entender lo que había querido decirle. Ella, al darse cuenta, añadió:

—Con ese pobre diablo al que tienes que condenar esta tarde.

De repente, Von Osteen sintió un gran deseo de confesarle sus crímenes; pero el coche ya estaba en marcha y se alejaba de la casa en dirección al Palacio de Justicia. Sentenciado a muerte pero confiando en el indulto, el magistrado Von Osteen no tuvo arrestos para confesar.

21

Arthur Bailey se paseaba de un extremo a otro de la oficina del centro de comunicaciones de la CIA, en el cuartel general de las fuerzas estadounidenses a las afueras de Múnich. A primera hora de la mañana, había enviado un radiograma cifrado al Pentágono en el que explicaba toda la situación referente a Von Osteen y a Rogan. Recomendaba a la organización que no adoptara ninguna medida y ahora esperaba ansioso la respuesta.

No llegó nada hasta casi el mediodía. El empleado llevó el mensaje a la sala de descodificación y, al cabo de media hora, el texto llegaba a manos de Bailey. La contestación lo dejó pasmado. Los mandos daban instrucciones de proteger a Von Osteen e informar a la policía alemana sobre los planes de Rogan. Bailey consideraba que esto sería desastroso y enseguida se puso en contacto con el Pentágono a través del radioteléfono. La firma en clave de la respuesta era la de un antiguo camarada de Bailey en el equipo alemán, Fred Nelson. No podían hablar abiertamente por radioteléfono, pero Bailey confió en poder transmitir su velado mensaje a Nelson. Y ahora corría mucha prisa: Rogan podía estar ya a punto de liquidar al magistrado Von Osteen.

Tardó diez minutos en conseguir una conexión. Tras identificarse, dijo con cautela:

—¿Sabéis qué coño estáis haciendo, con esas instrucciones que me habéis enviado? Podéis mandar al carajo todo el tinglado político...

Nelson contestó con evasivas:

—La decisión procede del alto mando y ha sido aprobada por la gente del gobierno. Tú limítate a obedecer las órdenes.

—Se han vuelto todos locos —dijo Bailey con repugnancia.

Parecía tan preocupado que Nelson casi se apiadó de él.

—Ese aspecto que a ti te inquieta —le dijo con precaución— ya ha sido tenido en cuenta.

Nelson se refería a las cartas que Rogan había enviado a sus amigos en Estados Unidos.

—Sí, lo entiendo —replicó Bailey—. ¿Qué se ha hecho al respecto?

—Abrimos un expediente sobre él desde que nos enviaste tu primer informe. Sabemos a quién podría haber enviado cartas y hemos puesto un interceptor postal en los buzones de todas las personas a las que él conoce.

Esto sorprendió en gran medida a Bailey.

—¿Y eso se puede hacer así como así en Estados Unidos? Jamás lo habría pensado.

—Seguridad nacional, amigo. Podemos hacer lo que nos dé la gana —dijo Nelson, sarcástico—. ¿Ese tipo se dejará apresar con vida?

—No.

—Más le vale —repuso Nelson. Y cortó la comunicación.

Bailey se maldijo por haber llamado en vez de limitarse a seguir las instrucciones. Sabía qué había querido decir Nelson con su último comentario. Bailey tenía que asegurarse de que Rogan no fuese capturado con vida, o de que durara poco una vez capturado. No querían que hablara de Von Osteen.

Bailey se subió al coche que le esperaba fuera e indicó al chófer que lo llevara al Palacio de Justicia de Múnich. No creía que Rogan hubiera tenido tiempo de actuar, pero quería cerciorarse. Luego recogería a Vrostk, irían juntos a la pensión donde Rogan se hospedaba y acabarían con él.

22

En el dispensario del Palacio de Justicia de Múnich, Rogan se preparó para su encuentro final con Klaus von Osteen. Quería estar lo más presentable posible para no destacar entre la gente, de modo que se peinó bien y se arregló la ropa. Aunque notaba el peso de la Walther, se palpó el bolsillo derecho de la chaqueta.

Rosalie cogió del carrito un frasco de un líquido incoloro y humedeció una gasa cuadrada. Mientras introducía la gasa en el bolsillo izquierdo de Rogan, le dijo:

—Si notas que vas a desmayarte, ponte la gasa delante de la boca y aspira. —Rogan se inclinó para besarla y ella añadió—: Espera a que Von Osteen termine con el juicio; no hagas nada hasta el final de las sesiones.

—Tendré más oportunidades si lo alcanzo cuando vuelva de comer. Tú espera en el coche. —Le rozó la mejilla—. Creo que podré salir de ésta.

Se sonrieron con miradas tristes, fingiendo confianza. Luego Rosalie se despojó de la bata blanca y la tiró a una silla.

—Me marcho —dijo y, sin mirar atrás, salió del dispensario y cruzó el patio hasta la calle.

Rogan la vio alejarse, luego también él salió y tomó la

escalera interior hasta el pasillo de la planta baja del Palacio de Justicia.

El pasillo estaba repleto de procesados a la espera de conocer sus respectivas sentencias y, con ellos, familiares y amigos, además de sus abogados defensores. Poco a poco, fueron entrando en las distintas salas hasta que el frío y oscuro corredor quedó desierto. No había rastro de Von Osteen.

Rogan caminó hasta la puerta de la sala donde el magistrado había estado aquella mañana; llegaba tarde. Había comenzado ya la sesión y, por lo visto, hacía rato porque el tribunal se disponía a dar el veredicto. Von Osteen, que presidía, se encontraba sentado entre sus dos colegas magistrados. Los tres vestían toga negra, pero sólo Von Osteen lucía el gorro cónico de armiño y visón que designaba al funcionario judicial de mayor rango, y todos los presentes en la sala parecían entre fascinados y atemorizados por su imponente figura.

Iba a dictar sentencia. El condenado estaba en pie ante él. La decisión fue anunciada con aquella estupenda voz persuasiva que tan bien recordaba Rogan. Cadena perpetua para el pobre diablo.

Rogan sintió un inmenso alivio al ver que su búsqueda había terminado. Se alejó unos tres o cuatro metros de la puerta y se metió en uno de los nichos vacíos que había en la pared del pasillo, allí donde durante de diez siglos había estado la armadura de un guerrero teutón. Permaneció allí durante casi una hora, hasta que la sala empezó a vaciarse.

Vio que alguien con toga salía de la sala por una pequeña puerta lateral, no por la grande de roble macizo. Von Osteen iba hacia él por el corredor en penumbra. Parecía un sacerdote de la antigüedad camino de un sacrificio, la toga holgada y el gorro cónico a modo de mitra de obispo; un hombre santo, un intocable. Rogan esperó, le cortó el paso y sacó la Walther del bolsillo.

Estaban ya frente a frente. Von Osteen forzó la vista en la tamizada luz y dijo con voz queda: «¿Rogan?» Entonces Rogan sintió una inmensa alegría de que esa última vez la víctima lo reconociera, de que fuese consciente del motivo por el que iba a morir.

—Usted me condenó a muerte, hace muchos años —dijo.

La voz hipnótica preguntó:

—¿Es usted Michael Rogan? —Y, con una sonrisa en los labios, añadió—: Me alegro de que por fin haya llegado. —Se llevó una mano al gorro—. En mis sueños tiene un aspecto mucho más terrible.

Rogan abrió fuego.

El disparo resonó en los pasillos de mármol como una campanada. Von Osteen se tambaleó hacia atrás, al tiempo que subía ambas manos como si quisiera bendecir a su verdugo. Rogan disparó otra vez. El hombre de la toga empezó a desplomarse, una caída a la que el gorro cónico confería un toque sacrílego. Empezó a salir gente al pasillo de las salas adyacentes y Rogan disparó una tercera bala al cuerpo tendido en el suelo de mármol. Luego, pistola en mano, corrió hacia la puerta lateral y salió a la plaza. Había escapado con vida.

Vio el Mercedes aparcado a un centenar de metros y caminó hacia allí. Rosalie estaba de pie junto al coche, se la veía muy pequeña, como si estuviera al final de un larguísimo túnel. Rogan empezó a correr, pensando que lo iba a conseguir, que la pesadilla había terminado para siempre. Pero un guardia de tráfico, de mediana edad y bigote poblado, había visto salir a Rogan blandiendo un arma de fuego y abandonó su puesto para interceptarlo. El agente, que iba desarmado, se plantó delante de él y dijo:

—Está usted arrestado; no puede empuñar un arma en la vía pública.

Rogan lo apartó de un golpe y siguió andando hacia el Mercedes. Rosalie había desaparecido, seguramente había subido al coche y estaba arrancando. Rogan sólo deseaba llegar allí. El guardia le seguía los pasos, agarrándose el brazo dolorido.

—Vamos, hombre, no cometa ninguna estupidez —dijo—. Soy un agente de policía alemán y está usted arrestado.

El fuerte acento bávaro le daba a su voz un tono amistoso. Rogan le pegó en plena cara. El policía se tambaleó, recuperó el equilibrio y echó a correr tras él, tratando de desviar a Rogan con su voluminoso cuerpo hacia el Palacio de Justicia, pero temeroso de usar la fuerza física porque el otro iba armado.

—Soy un agente de la ley —insistió, desconcertado, incapaz de creer que alguien pudiera hacer oídos sordos al requerimiento de un policía.

Rogan se dio la vuelta y le disparó al pecho.

El agente cayó hacia él, lo miró a los ojos y, con sorpresa e inocente terror en la voz, dijo: *«O wie gemein Sie sind.»* Las palabras resonaron en el cerebro de Rogan. «¡Oh, qué malvado es usted!» Paralizado, Rogan permaneció allí de pie mientras el policía se desplomaba moribundo a sus pies.

Inmóvil en mitad de la soleada plaza, también el cuerpo de Rogan pareció desintegrarse, perder todas las fuerzas. Pero, en ese momento, llegó Rosalie y lo agarró de la mano para hacerle correr hacia el coche. Luego lo empujó adentro y el Mercedes arrancó con un rechinar de neumáticos. Rosalie condujo como una loca por las calles de Múnich, tratando de llegar cuanto antes a la pensión. La cabeza de Rogan se había ladeado hacia la derecha y ella vio con horror que un hilillo de sangre le salía de la oreja izquierda; la sangre manaba contra la fuerza de la gravedad, como propulsada por una defectuosa bomba interior.

Habían llegado. Rosalie paró el coche y ayudó a Rogan a salir. Apenas se tenía en pie. Ella sacó la gasa empapada que le había dado y se la aplicó a la boca. Al sacudir él la cabeza, Rosalie vio la serpiente escarlata que le salía de la oreja izquierda. Rogan seguía empuñando la pistola Walther en su mano derecha, y los transeúntes los miraban. Rosalie lo llevó al interior del edificio y le ayudó a subir las escaleras. Seguramente alguien llamaría a la policía; pero, por alguna razón, Rosalie quería tenerlo a resguardo de las miradas de los demás. Y, una vez estuvieron a solas y a salvo, lo llevó hasta el diván verde, lo acostó y se sentó con la cabeza de él en su regazo.

Rogan, que sentía un tremendo dolor en la placa de plata y sabía que ya nunca volvería a tener aquellas pesadillas, dijo:

—Déjame descansar. Déjame dormir antes de que vengan.

Rosalie le acarició la frente y él pudo oler la fragancia de rosas de su mano.

—Sí —dijo Rosalie—. Duerme.

Poco después, la policía muniquesa irrumpía en la habitación y los encontraba así. Pero, al final, los siete hombres de la sala de techo alto en el Palacio de Justicia de Múnich habían logrado matar a Michael Rogan. Diez años más tarde, su maltrecho cerebro había reventado en una hemorragia masiva. Manaba sangre de todos los orificios de su cabeza: boca, nariz, orejas, ojos. Rosalie se quedó allí sentada, con un charco de sangre en su regazo. Cuando entró la policía, rompió a llorar. Luego, lentamente, inclinó la cabeza para poner un beso final en los labios fríos de Rogan.